文豪たちが書いた

喧嘩の名作短編集

彩図社文芸部 編

JN131866

彩図社

序

喧嘩はひとたび始まると、なかなか収まりがつきません。争うつもりはなかったとしても、売り言葉に買い言葉、ついカッとなって言い合いになってしまうもの。熱が冷めても仲直りのきっかけがみつからず、気まずい思いをすることも、珍しくはありません。

このやっかいな問題に、文学者たちは向き合ってきました。喧嘩から生まれる心の機微を描き出し、人間の生き生きとした面を、とらえようとしたのです。

ある者は感情の行き違いを描き、ある者は喧嘩シーンをリアルに浮かび上がらせ、またある者は、喧嘩の滑稽さを際立たせました。

本書に収録したのはそんな、喧嘩をテーマにした短編・随筆です。

当事者たちの関係性や、彼らが置かれた環境は、千差万別。現代とは時代背景も異なります。それでもいずれの作品も、エネルギッシュで不思議な魅力を放っています。それはきっと、普段は表に出ない複雑な感情が、丁寧かつ大胆に、表現されているからでしょう。その魅力を、ぜひご堪能ください。

文豪たちが書いた

喧嘩の名作短編集

―目次―

表記について

※本書では、原文を尊重しつつ、読みやすさを考慮した文字表記にしました。
・口語文中の旧仮名づかいは、新仮名づかいに改めました。
・旧字体の一部は、新字体に改めました。
・「ゝ」「ヽ」「〱」などの繰り返し記号は、漢字・ひらがな・カタカナ表記に改めました。
・極端な当て字など、一部の当用漢字以外の字を置き換えています。
・読みやすさを考慮して、一部の漢字にルビをふっています。
・明らかな誤りは、出典など記載方法に沿って改めました。
・口語体のうち、漢字表記の代名詞・副詞・接続詞は、原文を損なわないと思われる範囲で、平仮名に改めました。

掲載作のなかには、今日の人権意識に照らして不当、不適切と思われる語句や表現がありますが、作品の時代背景と文学的価値とを考慮し、そのままとしました。

市井喧争《しせいけんそう》

＊――押し売りとの言い争いで劣勢になる太宰

太宰治

九月のはじめ、甲府からこの三鷹へ引越し、四日目の昼ごろ、百姓風俗の変な女が来て、この近所の百姓ですと嘘をついて、むりやり薔薇を七本、押売りして、私は、贋物だということは、わかっていたが、私自身の卑屈な弱さから、断り切れず四円まきあげられ、あとでたいへん不愉快な思いをしたのであるが、それから、ひとつき経って十月のはじめ、私は、そのときの贋百姓の有様を小説に書いて、文章に手を入れていたら、ひょっこり庭へ、ごめん下さいまし、私は、このさきの温室から来ましたが、何か草花の球根でも、と言い、四十くらいの男が、おどおど縁先で笑っている。こないだの贋百姓とは、ちがう人であるが同じたぐいのものであろうと思い、だめですよ、このあいだも薔薇を八本植えられてしまいました、と私は余裕のある笑顔でもって言ったら、その

男は、少し顔が蒼くなり、

「なんですか。植えられてしまった、とはどんなことですか。」と急に居直って、私にからんで来たのである。

私は恐ろしく、からだが、わくわく震えた。落ちつきを見せるために、机に頬杖をつき、笑いを無理に浮べて、

「いいえ、ね、その庭の隅に、薔薇が植えられて在るでしょう？　それが、だまされて買ったんです。」

「私と、どんな関係があるんですか？　おかしなことを言うじゃないですか。私の顔を見て、植えられたとは、おかしなことを言うじゃないですか。」

私も、今は笑わず、

「君のことを言ってるんじゃないよ。先日私は、だまされて不愉快だから、そのことを言っているのですよ。君は、そんな、ものの言いかたをしちゃ、いけないよ。」

「へん。こごとを聞きに来たようなものだ。お互い、一対一じゃねえか。五厘でも、一銭でも、もうけさせてもらったら、私は商人だ。どんなにでも、へえへえしてあげるが、そうでもなけれあ、何もお前さんに、こごとを聞かされるようなことは、ねえんだ。」

「それぁ、理窟だ。そんなら、僕だって理窟を言うが、君は、僕を訪ねて来たんじゃな

いか。」誰に断って、のこのこ、ひとの庭先なんかへ、やって来たんだ、と言おうと思ったが、あんまりそれは、あさましい理窟で、言うのを止めた。

「訪ねたから、それがどうしました。」商人は、私が言い澱んでいるので、つけこんで来た。「私だって、一家のあるじだ。こごとなんて、聞きたくないや。だまされたなんて言うけれど、こうして植えて、たのしんでいるじゃないですか。」図星であった。私は、敗色が濃かった。

「それぁ、たのしんでいる。僕は、四円もとられたんだぜ。」

「安いもんじゃないですか。」言下に反発して来る。闘志満々である。「カフェへ行って酒を呑むことを考えなさい。」失敬なことまで口走る。

「カフェなんかへは行かないよ。行きたくても、行けないんだ。四円なんて、僕には、おそろしく痛かったんですよ。」実相をぶちまけるより他は無い。

「痛かったかどうか、こっちの知ったことじゃないんです。」商人は、いよいよ勢を得て、へへんと私を嘲笑した。「そんなに痛かったら、あっさり白状して断れば、よかったんだ。」

「それが僕の弱さだ。断れなかったんだ。」

「そんなに弱くて、どうしますか。」いよいよ私を軽蔑する。「男一匹、そんなに弱くてよくこの世の中に生きて行けますね。」生意気なやつである。

「僕も、そう思うんだ。だから、これからは、要らないときには、はっきり要らないと断ろうと覚悟していたのだ。そこへ、君が来たというわけなんだ。」

「ははは、」商人は、それを聞いてひどく笑った。「そういうわけですか。なるほどねえ。」とやはり、いや味な語調である。「わかりました。おいとましましょう。こごとを聞きに来たんじゃないんだからなあ。一対一だ。そっくりかえっていることは無いんだ。」捨てぜりふを残して立ち去った。私はひそかに、ほっとした。

　ふたたび、先日の贋百姓の描写に、あれこれと加筆して行きながら、私は、市井に住むことの、むずかしさを考えた。

　隣部屋で縫物をしていた妻が、あとで出て来て、私の応対の仕方の拙劣《せつれつ》を笑い、商人には、うんと金のある振りを見せなければ、すぐ、あんなにばかにするものだ、四円が痛かったなど、下品なことは、これから、おっしゃらないように、と言った。

小説　太宰治〈抄〉

＊――太宰治・中原中也らの大乱闘

檀《だん》一雄《かずお》

太宰の第二回目の自殺未遂事件がおこったのは、昭和十年の春の事であったろうか。井伏さんにでも聞けば判然するが、私は時間の記憶は殆どない。ただ、それが未だ太宰の飛島家の間借りの頃だった事、「青い花」という一冊でつぶれた同人雑誌を作った前後の事だった事、都新聞の入社試験をうけた後だった事、太宰の卒業の見込みが、全く絶望になった時だった事。これだけを覚えている。だから、やっぱり、昭和十年の春だったろう。

太宰は丁度東大仏文科に在籍して、五年目だった。私が、経済科の卒業間際、二人でよく制服制帽で出掛けたが、何度も書いた通り、ゆく先は大抵質屋であるか、飲み屋であるか、娼婦の場所ときまっていた。

それでも、両三度は大学の校門をくぐった記憶がある。

今でも覚えているが、丁度正門のところで大きな三角定規を小脇に抱えこんだ立原道造とすれ違ったことがある。たしか、正門の前の、私のゆきつけの質屋で、何がしかの金を握っていたところだった。私達が、「ようー」と呼び止めると、立原は帽子を取って、丁寧にお辞儀をした。何かテリヤの純粋種を見るようだった。

「立原君。浅草にでもいってみない？」

と、太宰は例の甘ったるい声で、呼びかけた。太宰は時々、不必要に媚びるような、声をつかうことがある。

「さあ、今日はちょっと失礼させていただきます。何か御用事？」

立原はためらいながらも断った。

「いや、いいんだ。何でもないんだ」

と、太宰はしきりに跋が悪そうに、そう云った。

「じゃ」と、立原は通りすぎた。

「オドかすねえ、三角定規など抱えこんで」

羨ましかったのだろう。太宰はさっさと校内の方に歩みこんだ。

自分の生活は、全くそれに背反《はいはん》していたくせに、太宰は規律正しい学生生活、毎日カバンを抱え、定刻に家を出て、学校のノートを丹念に書き込み、などということに、途方もない夢想とあこがれを持っていた。もし、厳格な教師か指導者に囲まれて、中流以下の学生生活を強要されていたなら、或いは太宰は、超弩級の模範生だったかもわからない。そういう律儀な、悪くいえば卑屈な一面が、確かにあった。

私と太宰は、銀杏の木をくぐり、地下室の食堂でコーヒーをのんで、それから池の端に出ていった。キャメルをくゆらすのである。

東大の学生らしい喜びと、それから、「何だ学生」というふうな、二つの交錯した気分を味わうのである。

それにしても、いよいよ学生の終りが近づいて来ることは、耐えきれぬほどの焦躁のようだった。私はそれとなく、仏文科の友人たちに頼み込んで、鈴木信太郎氏や中島健蔵氏達の意見をきいてみたが、ちょっと卒業は絶望のようだった。なにしろ単位は一単位もうけていない。

が、太宰の卒業への憧れは人一倍激しかった。自分の嘘が一どきに暴露されるからである。津軽のお兄さんに対する、言いつくろい。飛島さんに対する言いつくろい。北さんに対する言いつくろい。いや、初代さんですら、今度は卒業だと騙し込んでいるに違いない。

私も全く、同一の立場だった。一年の時に、七単位受けたものの、それ以後全然学校には通っていなかった。

「行こうか？」と、私達は猛然と立ち上って、医学部の横を抜け、下町の方に急いでいった。

それから間もなくの事だった。井伏さんからの紹介があり、ひとつ泣き落しで、中島健蔵氏を、くどきおとそう、という事になった。

私の家で、勢揃いして、

「寿美ちゃん、チョコレートの靴墨持っていない」

「ええ、持っています。あら、磨きましょうか？」と、妹が云うのに、

「いや、いいんだ」と、太宰は例の編上げ靴を手に取って、丁寧に磨きあげた事を覚えている。

考えてみると、まだあの頃は、芳賀檀《はがまゆみ》氏を知らなかった。赤門をくぐり、研究室の煉瓦造りの中に這入りこんで、

「檀君。こういうところ、こわくない。胸が顫《ふる》えるねえ」

それでも、中島講師は、気さくに会ってくれた。

「ああ、太宰君と檀君。ちょっとこっちの用事がすむまで、鉢の木で待っていてくれ給

え」

意外の答えで、これは脈があるのかと、太宰も私も喜びながら、鉢の木の二階にあがっていった。間もなく中島健蔵氏が現われた。オードブルから始って、ビールが次々と泡をふいた。

酔が廻るにつれて、はじめの意気込みは、消え失せるのである。卒業なぞ、どうでもよかった。ボードレール、ベルレーヌ、ランボー、小林秀雄等々と、太宰と私の怪気焔は、途方もない方向に逸脱して、「じゃ、又やってき給え」と云う、中島氏の声を、後ろの方でうわの空にきいた。太宰の卒業に関しては、それっきりだった。

今思い直してみると、都新聞の入社試験があったのは、三月前だったような気がする。しかし、いずれにせよ、私に卒業の準備にと母から百円の金が送られて、太宰の見立てで、六拾円の青色の背広を買った前後のことだった。

かりに、東大の卒業が駄目になるような事があるにせよ、都新聞にさえ這入れれば、と、太宰のこれは可憐な迄の悲願だった。

当時、都新聞の学芸部に勤めていた、中村地平ともしきりに打合わせをし、いかにも大事げに、臆病げに、その忠告なぞにきき入っていたのを覚えている。しかし、丁度上《かみ》泉《いずみ》秀信《ひでのぶ》氏が学芸部長であり、井伏さんのすぐ近所で、今度は案外物になりはしないか、

という妄想に大きな望みをかけているようだった。全く甲斐々々しく、太宰は大喧噪《おおはしゃぎ》で、

　青い背広で心も軽く

などと、流行歌を妹の前で口遊《くちずさ》んで見せたりしながら、私の家から、その青い背広を着込んでいった。口頭試問の時であったろう。

　しかし、見事に落第した。

　太宰の悄気《しょげ》かたはひどかった。連日のように高砂館と云う、荻窪の汚ない活動小屋に出掛けていって、

「泣けるねえ」

と、いいながら大きなハンカチで、新派悲劇や股旅ものに大粒の涙をこぼしていた。これを又、自分で「高砂ボケ」と称して、

「おい、檀君。高砂ボケにつき合わないか？」などといいながら、初代さんを伴って、出掛けていったものだった。よく飲んだ。

　私は栄寿司で、太宰が鶏の丸焼きを指でむしり裂きながら、ムシャムシャと、喰っては飲んだ狂乱の姿を覚えている。笑うと、大きく開く口の中から、例の金歯が隠見して、頭髪をふり被りながら、鶏をむしり裂く姿は悪鬼のようだった。

　ある朝電車の中でである。白髯をたらした、老紳士が哲学者風に端然と瞑想に耽って

いた。

「深遠だろう」

と、私の袖を引いて、私の視線の方向を顎でしゃくってみせた。

「うん」と、私が肯いてみせると、例の通り、ガラリと調子を変えて笑い出し、

「いや、まことは、何も考えていないんだ。きまっている」

「青い花」の発刊が、太宰の第二回自殺未遂以前だったか、以後だったかは、全く忘れた。太宰は「青い花」には大変な熱の入れ方で、連日私の処に泊りこみ何処で見つけてきたのか石鹸の包み紙を大切に持ってきたりして、

「奥附は、これがいいんだ。随分洒落《しゃれ》たもんだろう」

などとすこぶる得意顔だった。早速印刷所に廻して凸版にした。表紙裏表紙はたしか今官一《こんかんいち》が見つけてきた「神曲」の挿絵だったように記憶する。「赤い枠の線を細く」とこれはたしか又太宰の発案だった。私は中原中也や森敦《もりあつし》を同人に推薦し、太宰は斧稜《おのりょう》を、

「この男はものになるんだ」

と、しきりに推していた。

私の家で会った、中原中也からの感銘は、非常に激しいようだった。太宰は、中原をひどく嫌悪しながら、しかし、近づかねばならない、という、忍従の祈願のようなもの

を感じていた。会うのを嫌がる時には、事実かどうか甚だ怪しいが、

「中原とつきあうのは、井伏さんに止められているんでね」

と、云っていた。

かりに、井伏さんから処世上の忠告を受けていたにせよ、太宰は守った例がない。従って、それを口実にするようなことは、未だ遂ぞ耳にきいた事が無かったから、私にはかえって訝《いぶか》しく思われた。簡単に云ってしまえば、中原を尊敬しなければいけないように自分で思いこみながら、実は中原を嫌っていた。それは、太宰の自惚れと、虚栄心が脅かされるからだ。太宰はつき合い上の悪友は決してこばまなかった。しかし、あの凄絶な中原の酒席の搦《から》みは耐えられなかったに違いない。中原と太宰は、私の記憶に従えば三度あった。私の家で会って、「おかめ」で二度飲み、二度とも途中から逃げ帰った。後の時には中原がどうしても太宰に会う、と云うので荻窪の飛島家迄追いかけた。もう一度は、伊東静雄の出版記念会の席上である。

寒い日だった。中原中也と草野心平氏が、私の家にやって来て、丁度、居合わせた太宰と、四人で連れ立って、「おかめ」に出掛けていった。初めのうちは、太宰と中原は、いかにも睦まじ気に話し合っていたが、酔が廻るにつれて、例の凄絶な、中原の搦みになり、

「はい」「そうは思わない」などと、太宰はしきりに中原の鋭鋒を、さけていた。しかし、中原を尊敬していただけに、いつのまにかその声は例の、甘くたるんだような響きになる。

「あい。そうかしら?」そんなふうに聞えてくる。

「何だ、おめえは。青鯖が空に浮んだような顔をしやがって。全体、おめえは何の花が好きだい?」

太宰は閉口して、泣き出しそうな顔だった。

「ええ? 何だいおめえの好きな花は」

まるで断崖から飛び降りるような思いつめた表情で、しかし甘ったるい、今にも泣きだしそうな声で、とぎれとぎれに太宰は云った。

「モ、モ、ノ、ハ、ナ」云い終って、例の愛情、不信、含羞、拒絶何とも云えないような、くしゃくしゃな悲しいうす笑いを泛《うか》べながら、しばらくじっと、中原の顔をみつめていた。

「チエッ、だからおめえは」と中原の声が、肝に顫《ふる》うようだった。

そのあとの乱闘は、一体、誰が誰と組み合ったのか、その発端のいきさつが、全くわからない。

少なくも私は、太宰の救援に立って、中原の抑制に努めただろう。気がついてみると、私は草野心平氏の蓬髪《ほうはつ》を握って摑み合っていた。それから、ドウと倒れた。

「おかめ」のガラス戸が、粉微塵に四散した事を覚えている。いつの間にか太宰の姿は見えなかった。私は「おかめ」から少し手前の路地の中で、大きな丸太を一本、手に持って、かまえていた。中原と心平氏が、やってきたなら、一撃の下に脳天を割る。

その時の、自分の心の平衡の状態は、今どう考えても納得はゆかないが、しかし、その興奮状態だけははっきりと覚えている。不思議だ。あんな時期がある。

幸いにして、中原も心平氏も、別な通りに抜けて帰ったようだった。古谷《ふるや》綱武《つなたけ》夫妻が、驚いてなだめながら私のその丸太を奪い取った。すると、古谷夫妻も一緒に飲んでいた筈だったが、酒場の情景の中には、どうしても思い起せない。

第二回目に、中原と太宰と私で飲んだ時には、心平氏はいなかった。太宰は中原から、同じように搦まれ、同じように閉口して、中途から逃げて帰った。この時は、心平氏がいなかったせいか、中原はひどく激昂した。

「よせ、よせ」と、云うのに、どうしても太宰のところまで行く、と云ってきかなかった。

雪の夜だった。その雪の上を、中原は嘯《うそぶ》くように、

夜の湿気と風がさびしくいりまじり

松ややなぎの林はくらく
　そらには暗い業の花びらがいっぱいで
と、宮沢賢治の詩を口遊んで歩いていった。

飛島氏の家を叩いた。太宰は出て来ない。初代さんが降りてきて、

「津島は、今眠っていますので」

「何だ、眠っている？　起せばいいじゃねえか」

勝手に初代さんの後を追い、二階に上り込むのである。

「関白がいけねえ。関白が」と、大声に喚いて、中原は太宰の消燈した枕許をおびやかしたが、太宰はうんともすんとも、云わなかった。

あまりに中原の狂態が激しくなってきたから、私は中原の腕を捉えた。

「何だおめえもか」と、中原はその手を振りもごうとするようだったが、私は、その儘《まま》雪の道に引き摺りおろした。

「この野郎」と、中原は私に喰ってかかった。他愛のない、腕力である。雪の上に放り投げた。

「わかったよ。おめえは強え」

中原は雪を払いながら、恨めしそうに、そう云った。それから車を拾って、銀座に出

た。銀座から又、川崎大島に飛ばした事を覚えている。雪の夜の娼家で、三円を二円に値切り、二円を更に一円五十銭に値切って、宿泊した。

明け方、女が、

「よんべ、ガス管の口を開いて、一緒に殺してやるつもりだったんだけど、ねえ」そう云って口を歪めたことを覚えている。

中原は一円五十銭を支払う段になって、又一円に値切り、明けると早々、追い立てられた。雪が夜中の雨にまだらになっていた。中原はその道を相変らず嘯くように、

　汚れちまった悲しみに
　今日も小雪の降りかかる

と、低吟して歩き、やがて、車を拾って、河上徹太郎氏の家に出掛けていった。多分、車代は同氏から払ってもらったのではなかったろうか。

河上さんは、二階で横になっていた。胃潰瘍だと云って、薄い上質のトーストに、珍しいハムやベーコンを添えて食べていた。そのハムを、私も食べてみたく思った記憶が僅かに残っているばかりで、一体、どうしたのか後のことは跡片もなく思い出が、消え果ててしまっている。

私は何度も中原の花園アパートには出掛けていったが、太宰はたった一度だけ私につ

いて来た。太宰を階下に待たせ、私は外からめぐって上る非常用の鉄梯子を登っていった。けれども中原は留守だった。無意味な擾乱が起らずに済んだという、その時のホッとした気持の事を覚えている。

私達は例の通り新宿の「松風」で十三銭の酒をあおり、金がつきるとあても無く夜店の通りを見て歩いた。そこへ積み上げられていた、露店の蟹を太宰が買った。たしか十銭だったろう。九州の海には全く見馴れない、北国の毛むくじゃらの蟹だった。太宰は薄暗い、歩道のところに立ち止って、蟹をむしり乍ら、やたら、ムシャムシャとたべていた。私に、馴染みのない蟹の姿だと、私は臆したが、食べてみると予想外に美味《うま》かった。髪を振り被った狂暴の太宰の食べざまが、今でもはっきりと目に泛ぶ。

また、ヨーヨーの前で太宰が立呆けた。丁度ヨーヨー売出しの頃だったろう。

「泣ける、ねえ」

何の傷心があばかれるのか、太宰は例の通りそう云いさしてから、

「檀君。こんな活動を見たことない？　海辺でね、チャップリンが、風に向って盗んだ皿を投げるんだ。捨てたつもりで駆け出そうとすると、その同じ皿が、舞い戻ってくるんだよ。同じ手の中に。投げても投げても帰ってくるんだ。泣ける、ねえ」

二十七歳〈抄〉

坂口安吾

＊――殴りかかってきた中原中也をいなす

私はそのとき二十七であった。私は新進作家とよばれ、そのころ、全く、馬鹿げた、良い気な生活に明けくれていた。

当時の文壇は大家中堅クッワをならべ、世は不況のドン底時代で、雑誌の数が少く、原稿料を払う雑誌などいくつもないから、新人のでる余地がない。そういう時代に、ともかく新進作家となった私は、ところが、生れて三ツほど小説を書いたばかり、私は誘われて同人雑誌にはいりはしたが、どうせ生涯落伍者だと思っており、モリエールだのボルテールだの、そんなものばかり読んでおり、自分で何を書かねばならぬか、文学者たる根柢的な意欲すらなかった。私はただ文章が巧かったので、先輩諸家に買いかぶられて、唐突に、新進作家ということになってしまったまでであった。

私は同人雑誌に「風博士《かぜはかせ》」という小説を書いた。散文のファルスで、私はポオのX'ing Paragraph とか Bon Bon などという馬鹿バナシを愛読していたから、俺も一つ書いてやろうと思ったまでの話で、こういう馬鹿バナシはボードレエルの訳したポオの仏訳の中にも除外されているほどだから、まして一般に通用する筈はない。私は始めから諦めていた。ただ、ボードレエルへの抗議のつもりで、ポオを訳しながら、この種のファルスを除外して、アッシャア家の没落などを大事にしているボードレエルの鑑賞眼をひそかに皮肉る快で満足していた。それは当時の私の文学精神で、私は自ら落伍者の文学を信じていたのであった。

私はしかし自信はなかった。ない筈だ。根柢がないのだ。文章があるだけ。その文章もうぬぼれるほどのものではないので、こんなチャチな小説で、ほめられたり、一躍新進作家になろうなどと夢にも思っていなかった。

そのころ雑誌の同人六七人集って下落合の誰かの家で徹夜して、当時私たちは酒を飲まなかったから、ジャガ芋をふかして塩をつけて食いながら文学論で徹夜した。その夜明け、高橋幸一（今は鎌倉文庫の校正部長）が食う物を買いに外出して、ついでに文藝春秋を立読みして、牧野信一が「風博士」という一文を書いて、私を激賞しているのを見出したのである。

人間のウヌボレぐらいタヨリないものはない。私はその時以来、昨日までの自信のないのは忘れてしまって、ほめられるのは当り前だと思っていた。そのとき二十六だった。七月頃であった。そしてその月に文藝春秋へ小説を書かされ、それ以来、新進作家で、私の軽率なウヌボレは二十七の年齢にも、つづいていた。

そのころ、春陽堂から「文科」という半職業的な同人雑誌がでた。牧野信一が親分格で、小林秀雄、嘉村礒多《かむらいそた》、河上徹太郎、中島健蔵、私などが同人で、原稿料は一枚五十銭ぐらいであったと思う。五十銭の原稿料でも、原稿料のでる雑誌などは、大いに珍らしかったほど、不景気な時代であった。五冊ほどで、つぶれた。私は「竹藪の家」というのを連載した。

この同人が行きつけの酒場があった。ウインザアという店で、青山二郎が店内装飾をしたゆかりで、青山二郎は「文科」の表紙を書き、同人のようなものでもあったせいらしい。青山二郎は身代を飲みつぶす直前で、彼だけはシャンパンを飲みあかしたり、大いに景気がよかったが、他の我々は大いに貧乏であった。私は牧野信一、河上徹太郎、中島健蔵と飲むことが多く、昔の同人雑誌の人達とも連立って飲むことが多かった。私が酒を飲みだしたのは牧野信一と知ってからで、私の処女作は「木枯の酒倉から」というノンダクレの手記だけれども、実は当時は一滴も酒をのまなかったのである。改造の西田義郎《にしだよしろう》も当時の飲み仲間であるが、私はこの酒場で中原中也と知り合ったことがある。

ある夜更け、河上と私がこの店の二人の女給をつれて、飲み歩き、河上の家へ泊ったことがある。河上は下心があったので、女の一人をつれて別室へ去ったが、残された私は大いに迷惑した。なぜなら、実は私も河上の連れ去った娘の方にオボシメシがあったからで、残された女は好きではない。オボシメシと云っても、二人のうちならそっちが好きというだけのことではあるが、当時私はウブだから、残された女が寝ましょうよと言うけれどもその気にならない。そのうちに河上が、すんだかい、と言って顔をだした。彼は娘にフラレたのである。俺はフラレた、と言って、てれて笑いながら、娘と手をくんで、戻ってきた。この娘は十七であった。

その翌朝、河上の奥さんが憤然と、牛乳とパンを捧げて持ってきてくれたが、シラフで別れるわけにも行かず、四人で朝からどこかで飲んで別れたのだが、そのとき、実は俺はお前の方が好きなんだと十七の娘に言ったら、私もよ、と云って、だらしなく仲がよくなってしまったのである。

この娘はひどい酒飲みだった。私がこんなに惚れられたのは珍らしい。八百屋お七の年齢だから、惚れ方が無茶だ。私達はあっちのホテル、こっちの旅館、私の家にまで、泊り歩いた。泊りに行こうよ、連れて行ってよ、と言いだすのは必ず娘の方なので、私たちは友達のカンコの声に送られて出発するのであるが、私とこの娘とは肉体の交渉はない。娘は肉体について全然知識がないのであった。

私は処女ではないのよ、と娘は言う。そのくせ処女とはいかなるものか、この娘は知らなかった。愛人、夫婦は、ただ接吻し、同じ寝床で、抱きあい、抱きしめ、ただ、そう信じ、その感動で、娘は至高に陶酔した。肉体の交渉を強烈に拒んで、なぜそんなことをするのよ、と憤然として怒る。まったく知らないのだ。

そのくせ、ただ、単に、いつまでも抱きあっていたがり、泊りに行きたがり、私が酒場へ顔を見せぬと、さそいに来て、娘は私を思うあまり、神経衰弱の気味であった。よろよろして、きりもなく何か口走り、私はいくらか気味が悪くなったものだ。肉体を拒むから私が馬鹿らしがって泊りに行かなくなったことを、娘は理解しなかった。

中原中也はこの娘にいささかオボシメシを持っていた。そのときまで、私は中也を全然知らなかったのだが、彼の方は娘が私に惚れたかどによって大いに私を呪《のろ》っており、ある日、私が友達と飲んでいると、ヤイ、アンゴと叫んで、私にとびかかった。

とびかかったとはいうものの、実は二三米《メートル》離れており、彼は髪ふりみだしてピストンの連続、ストレート、アッパーカット、スイング、フック、息をきらして影に向って乱闘している。中也はたぶん本当に私と渡り合っているつもりでいたのだろう。私がゲラゲラ笑いだしたものだから、キョトンと手をたれて、不思議な目で私を見つめている。こっちへ来て、一緒に飲まないか、とさそうと、キサマはエレイ奴だ、キサマはドイツのヘゲモニーだと、変なことを呟きながら割りこんできて、友達になった。非常に親密な友達になり、最も中也と飲み歩くようになったが、その後中也は娘のことなど嫉く色すらも見せず、要するに彼は娘に惚れていたのではなく、私と友達になりたがっていたのであり、娘に惚れて私を憎んでいるような形になりたがっていただけの話であろうと思う。

オイ、お前は一週に何度女にありつくか。オレは二度しかありつけない。二日に一度はありつきたい。貧乏は切ない、と言って中也は常に嘆いており、その女にありつくために、フランス語個人教授の大看板をかかげたり、けれども弟子はたった一人、四円だか五円だかの月謝で、月謝を貰うと一緒に飲みに行って足がでるので嘆いており、三百枚の翻訳料がたった三十円で嘆いており、常に嘆いていた。彼は酒を飲む時は、どんなに酔っても必ず何本飲んだか覚えており、それはつまり、飲んだあとで遊びに行く金をチョッキリ残すためで、私が有金みんな飲んでしまうと、アンゴ、キサマは何というムダな飲み方をするのかと言って、怒ったり、恨んだりするのである。あげくに、お人好しの中島健蔵などへ、ヤイ金をかかせ、と脅迫に行くから、健蔵は中也を見ると逃げだす始末であった。

「槌《つッ》ツァ」と「九郎《くろッ》ツァン」は喧嘩して私は用語について煩悶すること

＊――「呼びかた」は喧嘩のきっかけにも悩みの種にもなる

井伏鱒二

私は子供のとき自分の両親を「オトウサン」「オカアサン」と呼ばなかった。まことに古風な用語だが「トトサン」「カカサン」と呼んでいた。幾ら草深い田舎に育った人たちでも、私と同年配の人たちでそういう古風な呼びかたをして来た人はすくないだろう。私の生れ故郷の家庭では、なにかにつけ時代おくれしていたようである。

私のうちの誰が私に「トトサン」「カカサン」と言えと仕込んだのか私にはわからない。はじめからそう呼ぶように仕込まれていた。しかしものごころつくにつれ、私は他人の目の前で、「トトサン」「カカサン」と呼ぶのが恥かしくなった。「カカサン」という用語は義太夫に出る古風な用語である。そうかといって、にわかに「オトウサン」「オカアサン」と改めることも出来なかった。自分では改めようと思いながら、とうとう今日までまだ改めない。私の父親は私の六つのときに逝《な》くなった。それで直接「トトサン」という用語をつかう必要はなくなったが、母は今でも田舎で健在である。ところが「カカサン」という用語は、現在ではますます古めかしくなった。私は「オカアサン」とも「カカサン」ともそのいずれも呼ばないで、単に「只今、帰りました」というように挨拶する。

いまでは私の郷里ではどの家でも、子供たちは一様《いちよう》に「オトウサン」「オカアサン」と言っている。これは学校の先生たちが試みた農山漁村文化運動の一つの現れである。子供たちの「オトウサン」「オカアサン」と呼ぶ発音も板についている。私が子供のときには「オトウサン」「オカアサン」などと文化的な言葉を常用した子供は一人もいなかった。そういう都会的な用語はどことなく厳《いかめ》しい感じがして、また品性あるものとは見なされなかった。私の子供のときには各戸別に父母に対して思い思いに適当な呼称が採用されていた。大別すればその呼称には階級的区別が含まれていたのである。

私のうちのように死語をつかって「トトサン」「カカサン」と呼ぶのは別として、私の村では各戸主に自負するところがあるかないかの差によって用語が違っていた。地主のうちの子供は「オットサン」「オッカサン」と言う。村会議員とか顔役のうちの子供たちは、たいてい「オトッツァン」「オカカン」と言う。自作農のうちの子供たちは「オトウヤン」「オカアヤン」と言う。小作人のうちの子供たちは「オトッツァ」「オカカ」と言う。阿呆らしいような話だが、それは事実であった。それでもし或る小作人の一家がめきめき金をため、田地を買い家の建て増しなどしたと仮定する。そうするとその家の子供は今まで「オトッツァ」「オカカ」と言っていたのを急に改めて、「オトウヤン」「オカアヤン」と呼ぶようになる。或いはまた、一そくとびに景気のよくなった家の子は、「オトッツァン」「オカカン」に改めることもある。たぶん成金気分の両親が、子供に今度はそう呼べと言いきかせていたものだろう。

私は同級生の石神井《しゃくじい》小二郎を羨んだ。小二郎の姉がハワイから大金を持って来ると、小二郎は従来「オトッツァ」「オカカ」と言っていたのを、急進的に「オトッツァン」「オカカン」と改めた。しかし私は小二郎のうちが景気がよくなったのを羨んだのではない。いままで「オトッツァ」「オカカ」と言っていたのを一そくとびに「オトッツァン」「オカカン」と改めた進取の気象を羨んだのである。私は「トトサン」「カカサン」という用語を「オトッツァン」「オカカン」と変えたいと思いながら、どうしても母に向って「オカカン」と言う決断がつかなかった。小二郎の鮮やかな転向ぶりが羨ましかった。

自分の理性では、時流に即し「オッカサン」と呼ぶべきだと思いながら、気恥かしくて「オッカサン」とは言えないのである。当時、これが私の唯一の悩みであった。この悩みは母に打ち明けることも出来なかった。生れ落ちるとから「カカサン」などと古風な用語をつかわされるのは、私は片輪に産んでもらったも同然であると考えていた。しかもなぜ片輪に生んでくれたと親に向って言いにくいのと同じように、私は母に向って用語の相談を持ち出すことが出来なかった。

私の郷里では人の名前を呼ぶにも階級的区別がついていた。東京のように一様に「××ちゃん」と言わないのである。いわゆるいいところの子供の名前を呼ぶときには「××サン」と言い、その次が「××ツァン」である。その次が「××ヤン」その次が「××ツァ」その次が「××サ」であった。「サン」「ツァン」「ヤン」「ツァ」「サ」の順である。しかし人の名前に関するかぎり、「オトッツァ」が「オットサン」に改まるような進展がなかった。たとえば子供のとき「槌《つッ》ツァ」と言われていた人は、成人して村会議員になっても「槌ツァ」である。倉を建て、そうして薄荷《はっか》相場で大儲けをしても「槌ツァ」は死ぬまで「槌ツァ」である。ところが「槌ツァ」は自分が「槌ツァ」と言われるのが苦労の種で、「槌《つち》サン」と言われたい希望があると仮定する。彼にはそういう名誉欲があると仮定する。そして「槌ツァ」は因果な性分の男であると仮定する。そうすると村長が村会議員の会合のとき、「槌ツァ」のことを「槌ツァ」と呼ぶと「槌ツァ」は村長に喰ってかかる。「満座のなかで人を呼びすてにしたのう」と言って喰ってかかる。そのとき村長は、自分の失言を「槌ツァ」に謝ると事は無事におさまるが、「槌ツァと言ったのが悪いかのう」と反問すると面倒になる。或るとき、そういう揉めごとから村長は恨みを買い、無実の罪を讒訴《ざんそ》され、裁判所に連れて行かれた。それ以来、村長と「槌ツァ」はことごとに角突きあって村がうまく治まらなくなった。

「槌ツァ」の方が悪いという人もある。村長もまた悪いという人もある。後者は、村長が「槌ツァ」のことを「槌ツァ」と言ったのが悪いというのである。しかし「槌ツァ」を「槌ツァ」と言ったのは、これは「槌ツァ」を呼びすてにしたことにはならないようである。村長は「槌ツァ」に「槌《つち》」とか「槌五郎《つちごろう》」とか言ったのではない。それでは「槌ツァ」はどう言ってもらいたかったかというに、「槌《つち》サン」と言ってもらいたかったのである。村長も狭量であったと批評している人もある。村長は「九郎治《くろうじ》」という名前だが、面と向って「九郎治《くろッ》ツァン」と呼ばれると気を悪くする。「村長サン」と言ってもらわなくては機嫌が悪い。「槌ツァ」のうちにも村長のうちにも子供がいた。「槌ツァ」のうちの子供は女の子で「お花ヤン」といい、村長のうちの子供も女の子で「お小夜《さよ》サン」と言った。どちらも私と同級生で色の白い子供であった。

「お花ヤン」と「お小夜サン」はたいへん仲よしで、毎日学校で顔を合せていながら、二人は手紙のやりとりをしていた。私たち男の子らはこの噂をきさつたえ、たいへんに唾棄すべき厭らしい行為だと考えていた。或るとき郵便配達が、「お花ヤン」から「お小夜サン」に出した手紙を開封して、その内容を校長先生に報告した。郵便配達は私たちの一つ上の級の男の子で「熊《くま》サ」という名前であった。「熊サ」は尋常六年を卒業すると直ぐ郵便配達夫に志願したのである。噂によると「熊サ」は「お小夜サン」をいとしく思っていたということだが、「お小夜サン」と仲のいい「お花ヤン」をねたんだものにちがいない。配達の帰りに学校に立ち寄って、開封した手紙を校長先生に披露した。手紙には「川べに立つ乙女より、なつかしの心の君様へ。霞の空の雲雀《ひばり》のように、はるかに高く清き私たちの誓いは、たがいに忘れじ忘れまじく、云々」と書いてあったということである。

ところが校長先生は、手紙を開封した郵便配達の「熊サ」を先ず叱りつけた。「熊サ」は去年まで学校で修身を教わっていた子供である。校長先生は「親書の秘密をあばくのはけしからん」と言って叱りつけ、「しかしながらお前は、郵便配達といってもまだ学校を出て一年もたたない子供だから、今度だけは勘弁してやろう」と言った。その翌日、校長先生は「お花ヤン」と「お小夜サン」を教員室に呼び、「お前らは毎日学校で会っているのに文通しておるそうだが、何のためにそういう無駄なことをするか」と詰問した。「お花ヤン」と「お小夜サン」は返事が出来ないで泣きだした。校長先生は「無駄なことをするものではない」と二人をたしなめたということである。

この噂はたちまち村じゅうに拡まった。「槌《つッ》ツァ」も村長の「九郎治《くろッ》ツァン」もこの噂をきき伝え、いずれもわが子の不仕末を知ってかんかんに腹を立てた。すでに「槌ツァ」と「九郎治ツァン」は反目していたので、わが子と敵のうちの子供が仲よくするのは我慢ならないことであったと見える。「槌ツァ」のうちの「お花ヤン」は、従来、「槌ツァ」のことを「オトッツァン」と呼んでいた。しかし「槌ツァ」は「九郎治ツァン」一家に敗けぬ気で、「これからはお前は、わしのことをオトッツァンと言わないで、オットサンと言え」と言いつけた。それは「九郎治ツァン」のうちで「お小夜サン」が「オットサン」「オッカサン」と呼んでいたからである。

「九郎治ツァン」のうちでも敗けぬ気になった。「槌ツァ」のうちで子供に「オットサン」「オッカサン」と言わせているという噂をきくと、思いきって都会的に「オトウサン」「オカアサン」と言わせることにした。これは私の村ではまことに画期的な出来事であった。

村の人たちは甲これを難ずれば乙これを駁《ばく》すというような有様で、寄るとさわるとその批判で持ちきりとなった。私のうちの祖父のごときは、折から来訪中の客人に、したり顔でそれについて時期尚早論をとなえていた。先ず今後十年か十五年たたなくては、こんな田舎で「オトウサン」「オカアサン」と子供に言わせるのは無謀だというのであった。

「槌ツァ」のうちでは敗けない気で対抗した。「槌ツァ」も「槌ツァ」の家内も「お花ヤン」も、一家こぞって都会的な言葉をつかいだした。それは「おこしやす」とか「そやそや、おうきに」とか「あきまへんのう」という言葉づかいであった。はじめ近所の人たちはそれがどこの言葉づかいか見当つかなかったが、誰が言いあてたともなくそれは大阪弁だということが判明した。私たちは「槌ツァのうちでは、何やらずいぶん里の言葉をつかうそうじゃ」というので、槌ツァのうちへ試しにそれをききに行ってみた。なにげなく遊びに行ったような按配《あんばい》で、「利太《りた》ヤン」「達《たつ》ツァン」「宇《う》サン」「定《さだ》サ」などと竹馬に打ち乗って行ってみた。すると門のところにいた「槌ツァ」の家内が「おこしやす。みんな竹馬が上手ですなあ」と言った。私たちは「槌ツァ」のうちの庭を竹馬で歩きまわった。庭土は湿っていて柔らかく、竹馬で歩くには好都合であった。ぐるぐると円陣をつくりながら歩いていると突然「槌ツァ」が現れて、「こりゃこりゃ、お前らは何をしとる。庭が掘れるがのう。あきまへんのう」と言った。そして私たちが竹馬からとびおりて逃げだすと、「槌ツァ」は門のところまで追いかけて来て「わるさをしたらあかん」と言った。「槌ツァ」はどこでそういう大阪弁を仕入れて来たのか知らないが、私たちの村に大阪弁が移入されたのは「槌ツァ」一家の大阪弁がその濫觴《らんしょう》である。「九郎治ツァン」のうちでも敗けてはいなかった。「お小夜サン」に「オトウサン」「オカアサン」と言わせたばかりでなく、一家こぞって東京弁をつかいだした。「九郎治ツァン」がたびたび郡役所へ出頭しているうちに覚えたという東京弁である。或るとき私は「九郎治ツァン」が道路普請の人夫頭に指図しているところを注意深くきいてみたが、やたらに「ねえ」「ねえ」と語尾に無用の発音を追加する言葉づかいであった。人夫頭が「あの石は二つに割りやんすか」とたずねると、「九郎治ツァン」は「ありゃあねえ、ありゃあ割らん方がよかろうと思うがねえ」と答えた。人夫頭は「せッ」と言ってうなずいた。「九郎治ツァン」は「二つに割るというてもねえ、もし割るとすればねえ、崖が崩れ落ちるかも知れねえからねえ」と言った。人夫頭は、「せッ」と言って再びうなずいた。私はこの対話をききながら、東京弁も案外簡単なものだと思った。

そのころ私のうちに強盗が来て、雨戸のそとから「明けろ、戸を明けろ」と言った。幸い強盗はそのまま帰ったが、私の祖父は出張して来た警官に「強盗は戸のそとで東京弁をつかいました」と報告した。「九郎治ツァン」の東京弁とはすこし趣きがちがっていたように思われるが、祖父は確信ありげに「強盗の言葉づかいは純粋な東京弁でありました」と言った。ところがこの報告は村の人たちに知れわたって、もちろん「槌ツァ」もその噂をきさつたえた。すると「槌ツァ」は得たりとばかりに流言を放った。「強盗は九郎治《くろじ》だ。東京弁をつかいおったというからは、強盗は九郎治だ」と言いふらした。その結果、警官は半ば「九郎治ツァン」に疑いをかけ、再び私のうちに来て強盗の声と「九郎治ツァン」の言葉づかいが似ていたかとたずねた。私の祖父はびっくりしたあまり腹を立て「それはとんでもない。私のうちに来た賊は、他国ものに相違ない」と答えた。そして「九郎治ツァン」の東京弁は決して東京弁ではないことを力説し、純粋な東京弁を覚えるには、われわれ田舎者はすくなくも二十年くらい東京に住む必要があると「九郎治ツァン」のために弁護した。

この弁護の内容は村じゅうに知れわたった。「槌ツァ」はまたもや「九郎治ツァン」の悪口を言いふらして歩きまわった。「九郎治の東京弁は贋物だそうじゃ。警官でもそれを認めたそうじゃ」と言いふらした。

この強盗事件で思いがけない打撃を受けたのは「九郎治ツァン」であった。それ以来「九郎治ツァン」一家は東京弁をつかわなくなった。「槌ツァ」のうちでも大阪弁をつかわなくなった。せっかく移入されかけていた大都会の言葉は私の村から消え去った。そして「オトッツァ」「オカカ」「オトウヤン」「オカアヤン」「オトッツァン」「オカカン」

という用語は、百年たっても消え去らないように思われた。

私は煩悶した。地球が逆に廻転するような大異変でも起らないかぎり、「カカサン」という用語など断じて復興しないだろう。古風ならば古風に何とか一工夫して、せめて「母者《ははじゃ》ひと」でも「たらちね」でもいい。もすこし恰好のつく用語を仕込んでもらいたかったと私はそればかり気に病んでいた。そのころ私の唯一の悩みはそれであった。

久助君の話

新美《にいみ》南吉《なんきち》

＊――冗談のじゃれ合いがいつしか真剣な取っ組み合いに

久助《きゅうすけ》君は、四年から五年になるとき、学術優等品行方正の褒美をもらって来た。

はじめて久助君が褒美をもらったので、電気会社の集金人であるお父さんは、ひじょうにいきごんで、それからは、久助君が学校から帰ったらすぐ、一時間勉強することに規則をきめてしまった。

久助君はこの規則を喜ばなかった。一時間たって、家の外に出て見ても、近所に友達が遊んでいないことが多いので、そのたびに友達を探して歩かねばならなかったからである。

秋のからりと晴れた午後のこと、久助君は柱時計《はしらどけい》が三時半を示すと、「ああできた。」と算術の教科書をぱたッととじ、机の前を立ちあがった。

そとに出るとまばゆいように明かるい。だが、やれやれ、今日も仲間達の声は聞えない。久助君はお宮の森の方へ耳をすました。

森は久助君のところから三町は離れていたが、久助君はそこに友達が遊んでいるかどうかを、耳で知ることができるのだった。だが、今日は、森はしんとしていてうまい返事をしない。つぎに久助君は、はんたいの方の夜学校のあたりに向って耳をすました。夜学校も三町ばかりへだたっている。だが、これもよい合図を送らない。

しかたがないので久助君は、彼等の集っていそうな場所を探してまわることにした。もうこんなことが、なんどあったかしれない。こんなことはほんとにいやだ。

さいしょ久助君は、宝蔵倉《ほうぞうぐら》の前にいって見た、多分の期待を持って。そこでよくみんなはキャッチボールをするから。しかし来てみると、誰もいない。そのはずだ、豆が庭いっぱいに乾してある。これじゃ何もして遊べない。

そのつぎに久助君は、北のお寺へ行った。ほんとうはあまり気がすすまなかったのだ。というのは、そこはべつの通学団の遊び場所だったから。しかしこんなよい天気の日にひとりで遊ぶよりはましだったので、行ったのである。がそこにも、丈の高い雁来紅《はげいとう》が五六本、かっと秋日に映えて鐘撞堂《かねつきどう》の下に立っているばかりで、犬の子一匹いなかった。

まさか医者の家へなんか集っていることもあるまいが、ともかくのぞいてみようと思って、黄色い葉の混った豆畠の間を、徳一君の家の方へやって行った。その途中、乾草の積みあげてあるそばで兵太郎《へいたろう》君にひょっくり出会ったのである。

兵太郎君はみんなからほら兵とあだなをつけられていたが、全くそうだった。こんな鰻を掴んだといって両方の手の指で天秤棒《てんびんぼう》ほどの太さをして見せるので、ほんとうかと思って行って見ると、筆ぐらいのめそきんが、井戸ばたの黒い甕《かめ》の底に沈んでいるというふうである。またみんなが軍艦や飛行機の話をしていると、俺が武豊《たけとよ》で見たのは、といって、べらぼうなことを言い出すのだった。また兵太郎君は音痴《おんち》で、君が代もろくろく歌えなかったが、いっこうそんなことは気にせず、みんなが声を揃えて軍艦マーチをやっていると、すぐ唱和するので、みんなは調子が変になって、止めてしまうのであった。だが、悪気はないのでみんなに嫌われてはいない。ときどき鼻を少し右にまげるようにして、きゅっと音をたててすいあげるのと、笑うとき床の上だろうが、道の上だろうが、ところきらわず下に転がる癖があった。体操の時、久助君のすぐ前なので、久助君は彼の頭のうしろ側にいくつ、どんな形の、はげがあるかをよく知っている。

兵太郎君は、てぶらで変に浮かぬ顔をしていた。

「みんなどこに行ったか知らんかア。」

と久助君がきいた。

「知らんげや」

　と兵太郎君が答えた。そんな事なんかどうでもいいという顔をしている。丸太棒《まるたんぼう》の端を大工さんがのみで、ちょっちょと彫ってできたようなその顔を、久助君はまぢかにつくづくと見た。

「徳一がれに居やひんかア。」

　と、久助君がまたきいた。

「居やひんだらア。」

　と、兵太郎君が答えた。赤とんぼが兵太郎君のうしろを通っていって、乾草にとまった。その翅《はね》が陽の光をうけてきらりと光った。

「行って見よかよオ。」

　と、久助君がじれったそうにいった。

「ううん。」

　と兵太郎君はなまへんじをした。

「なア、行こうかよオ。」

　と、久助君はうながした。

「んでも、徳やん、さっきおっ母《か》ンといっしょに、半田の方へ行きよったぞ。」

と、兵太郎君はいって、強い香を放っている乾草のところに近づき、なかば転がるようにもたれかかった。

久助君は、徳一君のところにも仲間達はいないことが分って、がっかりした。が兵太郎君の動作を見たら、きゅうに、ここで兵太郎君と二人きりで遊ぼう、それでもじゅうぶん面白いという気がわいて来た。乾草の積んであるところとか、藁積のならんでいるところは、子供にはひじょうに沢山の楽しみを与えてくれるものだ。そこで久助君も兵太郎君のそばへいって、自分のからだを、ゴムまりのように乾草に向って投げつけた。乾草はふわりと、やわらかに温かく久助君をうけとった。とたんに、ひちひちと音をたてて、ばったが頭の上から豆畠の方へ飛んでいった。

久助君は、頭や耳に草のすじがかかったが、取ろうとしなかった。乾草の山は昼間じゅう太陽に温められていたので、そこにもたれかかっていると、お母さんのふところに抱かれていたじぶんを憶い出させるようなぬくとさだった。久助君は猫のようにくるいたい衝動《しょうどう》が体の中にうずうずするのを感じた。

「兵タン、相撲とろうかやア。」

と、久助君はいった。

「やだ。昨日相撲しとって、袖ちぎって家で叱られたもん。」

と、兵太郎君が答える。そして膝を貧乏ゆるぎさせながら、仰向けに空を見ている。

「んじゃ、蛙とびやろかア。」

と、久助君がいう。

「あげなもな面白かねえ。」

と、兵太郎君は一言のもとにはねつけて、鼻をきゅっと鳴らす。

久助君はしばらく黙っていたが、ものたりなくてしょうがない。ころころと兵太郎君の方へ転がり近づいていって、草の先を、仰向いている兵太郎君の耳の中へ入れようとした。

兵太郎君はほら吹きでひょうきんで、人をよく笑わせるが、こういう種類のからかいはあまり好まない。自尊心が傷つけられるからだ。

「やめよオッ。」

と、兵太郎君がどなった。

兵太郎君が怒って久助君に向って来れば、それは久助君の望むところだった。

「あんまり耳糞がたまっとるで、ちょっと掃除してやらア。」

といって、久助君はまた草の先で、兵太郎君の頭にぺしゃんとはりついた耳をくすぐる。

兵太郎君は怒っているつもりであったが、くすぐったいのでとつぜんひゝあっゝというような声をあげて笑いだした。そして久助君の方にぶつかって来た。

そこで二人は、お互いが猫の仔《こ》のようなものになってしまったことを感じた。それから二人は、乾草にくるまりながら、上になり下になりしてくるいはじめた。

しばらくの間久助君は、冗談のつもりでくるっていた。相手もそのつもりでやっていることだと思っていた。ところが、そのうちに、久助君は一つの疑問にとらわれだした。どうも相手は本気になってやっているらしい。久助君を下からはねのける時に久助君の胸を突いたが、どうも冗談半分の争いの場合の力の入れかたとは違っている。また久助君を上から抑えつけるときの、相手の痩せた腕がぶるぶるとふるえている。冗談半分ならそんなことはないはずである。

相手が真剣なら、此方も真剣にならなきゃいけない、と久助君はそのつもりになって、一生懸命にやりだしたが、そうするうちに間もなくまた次ぎの疑問が湧いて来た。やはり兵太郎君は冗談半分と心得てくるっているらしい。久助君の手が、あやまって相手の脇の下から熱っぽいふところにもぐりこんだとき、兵太郎君はクックッと笑ったからである。

相手が冗談でやっているのなら、此方だけ真剣でやっているのは男らしくないことなので、此方もそのつもりになろうと思っていると、間もなくまた前の疑問が頭をもたげる。

二つの疑問が交互に現れたり消えたりしたが、二人はともかくくるいつづけた。

久助君は顔を乾草に押しつけられて、乾草をくわえたり、乾草があるつもりでひっくり返ったところに乾草がなくて、頭をじかに地べたにぶつけ、じーんと頭中が鳴渡《なりわた》って、熱い涙がうかんだりした。

また、しっかりと、複雑に、手足を相手の手足にからませているときは、自分と相手の足の区別などはっきりつかないので、相手の足を抑えつけたつもりで、自分のもう一方の足を抑えつけたりしていることもあった。

取っ組み合いは夕方まで続いた。帯はゆるみ、着物はだらしなくなってしまい、じっとり汗ばんだ。

何度目かに久助君が上になって兵太郎君を抑えつけたら、もう兵太郎君は抵抗しなかった。二人はしいんとなってしまった。二町ばかり離れた路を通るらしい車の輪の音がからからと聞えて来た。それがはじめて聞いたこの世の物音のように感じられた。その音はもう夕方になったということを久助君にしらせた。

久助君はふいと寂しくなった。くるいすぎたあとに、いつも感じるさびしさである。

もうやめようと思った。だがもしこれで起ちあがって、兵太郎君がベソをかいていたら、どんなにやりきれぬだろうということを、久助君は痛切に感じた。おかしいことに、取っ組み合いの間中、久助君はいっぺんも相手の顔を見なかった。今こうして相手を抑えていながらも、自分の顔は相手の胸の横にすりつけて下を向いているので、やはり相手の顔は見ていないのである。

兵太郎君は身動きもせず、じっとしている。かなり早い呼吸が久助君の顔に伝って来る。兵太郎君はいったい何を考えているのだろう。

久助君はちょっと手をゆるめて見た。だが相手はもうその虚に乗じては来ない。久助君は手を放してしまった。それでも相手は立ちなおろうとしない。そこで久助君はついに立ちあがった。するとと兵太郎君もむっくりと起きあがった。

兵太郎君は久助君のすぐ前に立つと、何もいわないで地平線のあたりをややしばらく眺めていた。何ともいえないさびしそうなまなざしで。

久助君はびっくりした。久助君のまえに立っているのは、兵太郎君ではない、見たこともない、さびしい顔つきの少年である。

何ということか。兵太郎君だと思いこんで、こんな知らない少年と、じぶんは、半日くるっていたのである。

久助君は世界がうらがえしになったように感じた。そしてぼけんとしていた。

いったい、これは誰だろう。じぶんが半日くるっていたこの見知らぬ少年は。……なんだ、やはり兵太郎君じゃないか。やっぱり相手は、ひごろの仲間の兵太郎君だった。

そうわかって久助君はほっとした。

だが、それからの久助君はこう思うようになった。――わたしがよく知っている人間でも、ときにはまるで知らない人間になってしまうことがあるものだと。そして、わたしがよく知っているのがほんとうのその人なのか、わたしの知らないのがほんとうのその人なのか、わかったもんじゃない、と。そしてこれは、久助君にとって、一つの新しい悲しみであった。

秋

芥川龍之介

*——同じ男性を好きになった姉妹の思いやりとすれ違い

一

信子《のぶこ》は女子大学にいた時から、才媛《さいえん》の名声を担っていた。彼女が早晩作家として文壇に打って出る事は、ほとんど誰も疑わなかった。中には彼女が在学中、すでに三百何枚かの自叙伝体小説を書き上げたなどと吹聴《ふいちょう》して歩くものもあった。が、学校を卒業して見ると、まだ女学校も出ていない妹の照子《てるこ》と彼女とを抱えて、後家《ごけ》を立て通して来た母の手前も、そうは我儘《わがまま》を云われない、複雑な事情もないではなかった。そこで彼女は創作を始める前に、まず世間の習慣通り、縁談からきめてかかるべく余儀なくされた。

彼女には俊吉《しゅんきち》と云う従兄《いとこ》があった。彼は当時まだ大学の文科に籍を置いていたが、やはり将来は作家仲間に身を投ずる意志があるらしかった。信子はこの従兄の大学生と、昔から親しく往来していた。それが互に文学と云う共通の話題が出来てからは、いよいよ親しみが増したようであった。ただ、彼は信子と違って、当世流行のトルストイズムなどには一向敬意を表《ひょう》さなかった。そうして始終フランス仕込みの皮肉や警句ばかり並べていた。こう云う俊吉の冷笑的な態度は、時々万事真面目な信子を怒らせてしまう事があった。が、彼女は怒りながらも俊吉の皮肉や警句の中に、何か軽蔑出来ないものを感じない訳には行かなかった。

だから彼女は在学中も、彼と一しょに展覧会や音楽会へ行く事が稀ではなかった。もっとも大抵そんな時には、妹の照子も同伴《いっしょ》であった。彼等三人は行きも返りも、気兼ねなく笑ったり話したりした。が、妹の照子だけは、時々話の圏外に置きざりにされる事もあった。それでも照子は子供らしく、飾窓《かざりまど》の中のパラソルや絹のショオルを覗き歩いて、格別閑却《かんきゃく》された事を不平に思ってもいないらしかった。信子はしかしそれに気がつくと、必ず話頭《わとう》を転換して、すぐにまた元の通り妹にも口をきかせようとした。その癖まず照子を忘れるものは、いつも信子自身であった。俊吉はすべてに無頓着なのか、不相変《あいかわらず》気の利いた冗談ばかり投げつけながら、目まぐるしい往来の人通りの中を、大股にゆっくり歩いて行った。……

信子と従兄との間がらは、勿論誰の眼に見ても、来るべき彼等の結婚を予想させるのに十分であった。同窓たちは彼女の未来をてんでに羨んだり妬《ねた》んだりした。殊に俊吉を知らないものは、（滑稽と云うよりほかはないが、）一層これが甚しかった。信子もまた一方では彼等の推測を打ち消しながら、他方ではその確かな事をそれとなく故意に仄《ほの》めかせたりした。従って同窓たちの頭の中には、彼等が学校を出るまでの間に、いつか彼女と俊吉との姿が、恰《あたか》も新婦新郎の写真のごとく、一しょにはっきり焼きつけられていた。

ところが学校を卒業すると、信子は彼等の予期に反して、大阪のある商事会社へ近頃勤務する事になった、高商出身の青年と、突然結婚してしまった。そうして式後二三日してから、新夫と一しょに勤め先きの大阪へ向けて立ってしまった。その時中央停車場へ見送りに行ったものの話によると、信子はいつもと変りなく、晴れ晴れした微笑を浮べながら、ともすれば涙を落し勝ちな妹の照子をいろいろと慰めていたと云う事であった。

同窓たちは皆不思議がった。その不思議がる心の中には、妙に嬉しい感情と、前とは全然違った意味で妬ましい感情とが交っていた。ある者は彼女を信頼して、すべてを母親の意志に帰《き》した。またあるものは彼女を疑って、心がわりがしたとも云いふらした。が、それらの解釈が結局想像に過ぎない事は、彼等自身さえ知らない訳ではなかった。

彼女はなぜ俊吉と結婚しなかったか？　彼等はその後《ご》しばらくの間、よるとさわると重大らしく、必ずこの疑問を話題にした。そうしてかれこれ二月ばかり経つと——全く信子を忘れてしまった。勿論彼女が書く筈だった長篇小説の噂なぞも。

信子はその間に大阪の郊外へ、幸福なるべき新家庭をつくった。彼等の家はその界隈《かいわい》でも、最も閑静な松林にあった。松脂《まつやに》の匂《におい》と日の光と、——それがいつでも夫の留守は、二階建の新しい借家の中に、活《い》き活きした沈黙を領していた。信子はそう云う寂しい午後、時々理由もなく気が沈むと、きっと針箱の引出しを開けては、その底に畳んでしまってある桃色の書簡箋をひろげて見た、書簡箋の上にはこんな事が、細々《こまごま》とペンで書いてあった。

「——もう今日かぎり御姉様と御一しょにいる事が出来ないと思うと、これを書いている間でさえ、止《と》め度《ど》なく涙が溢れて来ます。御姉様。どうか、どうか私《わたくし》を御赦《おゆる》し下さい。照子は勿体《もったい》ない御姉様の犠牲の前に、何と申し上げて好《い》いかもわからずに居ります。

「御姉様は私のために、今度の御縁談を御きめになりました。そうではないと仰有《おっしゃ》っても、私にはよくわかって居ります。いつぞや御一しょに帝劇を見物した晩、お姉様は私に俊さんは好きかと御尋《おき》きになりました。それからまた好きならば、御姉様がきっと骨を折るから、俊さんの所へ行けとも仰有いました。あの時もう御姉様は、私が俊さんに差上げる筈の手紙を読んでいらしったのでしょう。あの手紙がなくなった時、ほんとうに私は御姉様を御恨《おうら》めしく思いました。（御免遊ばせ。この事だけでも私はどのくらい申し訳がないかわかりません。）ですからその晩も私には、御姉様の親切な御言葉も、皮肉のような気さえ致しました。私が怒って御返事らしい御返事も碌《ろく》に致さなかった事は、もちろん御忘れになりもなさりますまい。けれどもあれから二三日経って、御姉様の御縁談が急にきまってしまった時、私はそれこそ死んででも、御詫《おわ》びをしようかと思いました。御姉様も俊さんが御好きなのでございますもの。（御隠しになってはいや。私はよく存じて居りましてよ。）私の事さえ御かまいにならなければ、きっと御自分が俊さんの所へいらしったのに違いございません。それでも御姉様は私に、俊さんなぞは思っていないと、何度も繰返して仰有いました。そうしてとうとう心にもない御結婚をなすって御しまいになりました。私の大事な御姉様。私が今日鶏を抱いて来て、大阪へいらっしゃる御姉様に、御挨拶をなさいと申した事をまだ覚えていらしって？　私は飼っている鶏にも、私と一しょに御姉様へ御詫びを申して貰いたかったの。そうしたら、何にも御存知ない御母様まで御泣きになりましたのね。

「御姉様。もう明日《あす》は大阪へいらしって御しまいなさるでしょう。けれどもどうかいつまでも、御姉様の照子を見捨てずに頂戴、照子は毎朝鶏に餌をやりながら、御姉様の事を思い出して、誰にも知れず泣いています。……」

信子はこの少女らしい手紙を読む毎《ごと》に、必ず涙が滲《にじ》んで来た。殊に中央停車場から汽車に乗ろうとする間際《まぎわ》、そっとこの手紙を彼女に渡した照子の姿を思い出すと、何とも云われずにいじらしかった。が、彼女の結婚は果して妹の想像通り、全然犠牲的なそれであろうか。そう疑《うたがい》を挾《さしはさ》む事は、涙の後の彼女の心へ、重苦しい気持ちを拡げ勝ちであった。信子はこの重苦しさを避けるために、大抵はじっと快い感傷の中に浸っていた。そのうちに外の松林へ一面に当った日の光が、だんだん黄ばんだ暮方の色に変って行くのを眺めながら。

二

結婚後かれこれ三月《みつき》ばかりは、あらゆる新婚の夫婦のごとく、彼等もまた幸福な日を送った。

夫はどこか女性的な、口数を利かない人物であった。それが毎日会社から帰って来ると、必ず晩飯後の何時間かは、信子と一しょに過す事にしていた。信子は編物の針を動かしながら、近頃世間に騒がれている小説や戯曲の話などもした。その話の中には時によると、基督教《キリストきょう》の匂《におい》のする女子大学趣味の人生観が織りこまれている事もあった。夫は晩酌の頬を赤らめたまま、読みかけた夕刊を膝へのせて、珍しそうに耳を傾けていた。が、彼自身の意見らしいものは、一言《ひとこと》も加えた事がなかった。

彼等はまたほとんど日曜毎に、大阪やその近郊の遊覧地へ気散《きさん》じな一日を暮しに行った。信子は汽車電車へ乗る度に、どこでも飲食する事を憚《はばか》らない関西人が皆卑しく見えた。それだけおとなしい夫の態度が、格段に上品なのを嬉しく感じた。実際身綺麗な夫の姿は、そう云う人中《ひとなか》に交《まじ》っていると、帽子からも、背広からも、あるいはまた赤皮の編上げからも、化粧石鹸の匂に似た、一種清新な雰囲気を放散させているようであった。殊に夏の休暇中、舞子《まいこ》まで足を延した時には、同じ茶屋に来合せた夫の同僚たちに比べて見て、一層誇りがましいような心もちがせずにはいられなかった。が、夫はその下卑《げび》た同僚たちに、存外親しみを持っているらしかった。

その内に信子は長い間、捨ててあった創作を思い出した。そこで夫の留守の内だけ、一二時間ずつ机に向う事にした。夫はその話を聞くと、「いよいよ女流作家になるかね。」と云って、やさしい口もとに薄笑いを見せた。しかし机には向うにしても、思いのほかペンは進まなかった。彼女はぼんやり頬杖をついて、炎天の松林の蟬《せみ》の声に、我知れず耳を傾けている彼女自身を見出し勝ちであった。

ところが残暑が初秋へ振り変ろうとする時分、夫はある日会社の出がけに、汗じみた襟を取変えようとした。が、生憎《あいにく》襟は一本残らず洗濯屋の手に渡っていた。夫は日頃身綺麗なだけに、不快らしく顔を曇らせた。そうしてズボン吊を掛けながら、「小説ばかり書いていちゃ困る。」といつになく厭味を云った。信子は黙って眼を伏せて、上衣《うわぎ》の埃を払っていた。

それから二三日過ぎたある夜、夫は夕刊に出ていた食糧問題から、月々の経費をもう少し軽減出来ないものかと云い出した。「お前だっていつまでも女学生じゃあるまいし。」――そんな事も口へ出した。信子は気のない返事をしながら、夫の襟飾《えりかざり》の絽刺《ろざ》しをしていた。すると夫は意外なくらい執拗《しつおう》に、「その襟飾にしてもさ、買う方が反《かえ》って安くつくじゃないか。」と、やはりねちねちした調子で云った。彼女はなおさら口が利けなくなった。夫もしまいには白けた顔をして、つまらなそうに商売向きの雑誌か何かばかり読んでいた。が、寝室の電燈を消してから、信子は夫に背を向けたまま、「もう小説なんぞ書きません。」と、囁くような声で云った。夫はそれでも黙っていた。しばらくして彼女は、同じ言葉を前よりもかすかに繰返した。それから間もなく泣く声が洩れた。夫は二言三言《ふたことみこと》彼女を叱った。その後でも彼女の啜泣《すすりな》きは、まだ絶え絶えに聞えていた。が、信子はいつの間にか、しっかりと夫にすがっていた。……

翌日彼等はまた元の通り、仲の好い夫婦に返っていた。

と思うと今度は十二時過ぎても、まだ夫が会社から帰って来ない晩があった。しかもようやく帰って来ると、雨外套《あまがいとう》も一人では脱げないほど、酒臭い匂を呼吸していた。信子は眉をひそめながら、甲斐甲斐《かいがい》しく夫に着換えさせた。夫はそれにも関らず、まわらない舌で皮肉さえ云った。「今夜は僕が帰らなかったから、よっぽど小説が捗取《はかど》ったろう。」――そう云う言葉が、何度となく女のような口から出た。彼女はその晩床にはいると、思わず涙がほろほろ落ちた。こんな処を照子が見たら、どんなに一しょに泣いてくれるであろう。照子。照子。私が便りに思うのは、たったお前一人ぎりだ。――信子は度々心の中でこう妹に呼びかけながら、夫の酒臭い寝息に苦しまされて、ほとんど夜《よ》中《じゅう》まんじりともせずに、寝返りばかり打っていた。

が、それもまた翌日になると、自然と仲直りが出来上っていた。

そんな事が何度か繰返される内に、だんだん秋が深くなって来た。信子はいつか机に向って、ペンを執る事が稀になった。その時にはもう夫の方も、前ほど彼女の文学談を珍しがらないようになっていた。彼等は夜毎に長火鉢を隔てて、瑣末《さまつ》な家庭の経済の話に時間を殺す事を覚え出した。その上またこう云う話題は、少くとも晩酌後の夫にとって、最も興味があるらしかった。それでも信子は気の毒そうに、時々夫の顔色を窺《うかが》って見る事があった。が、彼は何も知らず、近頃延した髭を噛みながら、いつもより余程快活に、「これで子供でも出来て見ると――」なぞと、考え考え話していた。

するとその頃から月々の雑誌に、従兄《いとこ》の名前が見えるようになった。信子は結婚後忘れたように、俊吉との文通を絶っていた。ただ、彼の動静は、――大学の文科を卒業したとか、同人雑誌《どうにんざっし》を始めたとか云う事は、妹から手紙で知るだけであった。またそれ以上彼の事を知りたいと云う気も起さなかった。が、彼の小説が雑誌に載っているのを見ると、懐しさは昔と同じであった。彼女はその頁《ページ》をはぐりながら、何度も独り微笑を洩らした。俊吉はやはり小説の中でも、冷笑と諧謔《かいぎゃく》との二つの武器を宮本武蔵のように使っていた。彼女にはしかし気のせいか、その軽快な皮肉の後《うしろ》に、何か今までの従兄にはない、寂しそうな捨鉢《すてばち》の調子が潜んでいるように思われた。と同時にそう思う事が、後めたいような気もしないではなかった。

信子はそれ以来夫に対して、一層優しく振舞うようになった。夫は夜寒《よさむ》の長火鉢の向うに、いつも晴れ晴れと微笑している彼女の顔を見出した。その顔は以前より若々しく、化粧をしているのが常であった。彼女は針仕事の店を拡げながら、彼等が東京で式を挙げた当時の記憶なぞも話したりした。夫にはその記憶の細かいのが、意外でもあり、嬉しそうでもあった。「お前はよくそんな事まで覚えているね。」――夫にこう調戯《からか》われると、信子は必ず無言のまま、眼にだけ媚《こび》のある返事を見せた。が、何故それほど忘れずにいるか、彼女自身も心の内では、不思議に思う事が度々あった。

それからほどなく、母の手紙が、信子に妹の結納《ゆいのう》が済んだと云う事を報じて来た。その手紙の中にはまた、俊吉が照子を迎えるために、山の手のある郊外へ新居を設けた事もつけ加えてあった。彼女は早速母と妹とへ、長い祝いの手紙を書いた。「何分当分は無人故《ぶにんゆえ》、式には不本意ながら参りかね候えども……」――そんな文句を書いている内に、(彼女には何故かわからなかったが、)筆の渋る事も再三あった。すると彼女は眼を挙げて、必ず外の松林を眺めた。松は初冬の空の下に、簇々《そうそう》と蒼黒く茂っていた。

その晩信子と夫とは、照子の結婚を話題にした。夫はいつもの薄笑いを浮べながら、彼女が妹の口真似をするのを、面白そうに聞いていた。が、彼女には何となく、彼女自身に照子の事を話しているような心もちがした。「どれ、寝るかな。」――二三時間の後《のち》、夫は柔《やわらか》な髭を撫でながら、大儀そうに長火鉢の前を離れた。信子はまだ妹へ祝ってやる品を決し兼ねて、火箸で灰文字《はいもじ》を書いていたが、この時急に顔を挙げて、「でも妙なものね、私にも弟が一人出来るのだと思うと。」と云った。「当り前じゃないか、妹もいるんだから。」――彼女は夫にこう云われても、考え深い眼つきをしたまま、何とも返事をしなかった。

照子と俊吉とは、師走《しわす》の中旬に式を挙げた。当日は午少《ひる》し前から、ちらちら白い物が落ち始めた。信子は独り午の食事をすませた後《のち》、いつまでもその時の魚の匂が、口について離れなかった。「東京も雪が降っているかしら。」――こんな事を考えながら、信子はじっとうす暗い茶の間の長火鉢にもたれていた。雪がいよいよ烈しくなった。が、口中《こうちゅう》の生臭さは、やはり執念《しゅうね》く消えなかった。……

三

信子はその翌年の秋、社命を帯びた夫と一しょに、久しぶりで東京の土を踏んだ。が、短い日限内に、果すべき用向きの多かった夫は、ただ彼女の母親の所へ、来匇々《きそうそう》顔を出した時のほかは、ほとんど一日も彼女をつれて、外出する機会を見出さなかった。彼女はそこで妹夫婦の郊外の新居を尋ねる時も、新開地じみた電車の終点から、たった一人俥《くるま》に揺られて行った。

彼等の家は、町並が葱畑《ねぎばたけ》に移る近くにあった。しかし隣近所には、いずれも借家らしい新築が、せせこましく軒を並べていた。のき打ちの門、要《かなめ》もちの垣、それから竿に干した洗濯物、――すべてがどの家も変りはなかった。この平凡な住居の容子《ようす》は、多少信子を失望させた。

が、彼女が案内を求めた時、声に応じて出て来たのは、意外にも従兄の方であった。俊吉は以前と同じように、この珍客の顔を見ると、「やあ。」と快活な声を挙げた。彼女は彼がいつの間にか、いが栗頭でなくなったのを見た。「しばらく。」「さあ、御上《おあが》り。生憎《あいにく》僕一人だが。」「照子は？　留守？」「使に行った。女中も。」――信子は妙に恥しさを感じながら、派手な裏のついた上衣《コート》をそっと玄関の隅に脱いだ。

俊吉は彼女を書斎兼客間の八畳へ坐らせた。座敷の中にはどこを見ても、本ばかり乱雑に積んであった。殊に午後の日の当った障子際《しょうじぎわ》の、小さな紫檀《したん》の机のまわりには、新聞雑誌や原稿用紙が、手のつけようもないほど散らかっていた。その中に若い細君の存在を語っているものは、ただ床の間の壁に立てかけた、新しい一面の琴だけであった。信子はこう云う周囲から、しばらく物珍しい眼を離さなかった。

「来ることは手紙で知っていたけれど、今日来ようとは思わなかった。」――俊吉は巻煙草へ火をつけると、さすがに懐しそうな眼つきをした。「どうです、大阪の御生活は？」「俊さんこそいかが？　幸福？」――信子もまた二言三言話す内に、やはり昔のような懐しさが、よみ返って来るのを意識した。文通さえ碌《ろく》にしなかった、かれこれ二年越しの気まずい記憶は、思ったより彼女を煩《わずら》わさなかった。

彼等は一つ火鉢に手をかざしながら、いろいろな事を話し合った。俊吉の小説だの、共通な知人の噂だの、東京と大阪との比較だの、話題はいくら話しても、尽きないくらい沢山あった。が、二人とも云い合せたように、全然暮し向きの問題には触れなかった。それが信子には一層従兄と、話していると云う感じを強くさせた。

時々はしかし沈黙が、二人の間に来る事もあった。その度に彼女は微笑したまま、眼を火鉢の灰に落した。そこには待つとは云えないほど、かすかに何かを待つ心もちがあった。すると故意か偶然か、俊吉はすぐに話題を見つけて、いつもその心もちを打破った。彼女は次第に従兄の顔を窺《うかが》わずにはいられなくなった。が、彼は平然と巻煙草の煙を呼吸しながら、格別不自然な表情を装っている気色《けしき》も見えなかった。

その内に照子が帰って来た。彼女は姉の顔を見ると、手をとり合わないばかりに嬉しがった。信子も唇は笑いながら、眼にはいつかもう涙があった。二人はしばらくは俊吉も忘れて、去年以来の生活を互に尋ねたり尋ねられたりしていた。殊に照子は活き活きと、血の色を頬に透かせながら、今でも飼っている鶏の事まで、話して聞かせる事を忘れなかった。俊吉は巻煙草を啣《くわ》えたまま、満足そうに二人を眺めて、不相変《あいかわらず》にやにや笑っていた。

そこへ女中も帰って来た。俊吉はその女中の手から、何枚かの端書《はがき》を受取ると、早速側の机へ向って、せっせとペンを動かし始めた。照子は女中も留守だった事が、意外らしい気色《けしき》を見せた。「じゃ御姉様がいらしった時は、誰も家《うち》にいなかったの。」「ええ、俊さんだけ。」――信子はこう答える事が、平気を強《し》いるような心もちがした。すると俊吉が向うを向いたなり、「旦那様に感謝しろ。その茶も僕が入れたんだ。」と云った。照子は姉と眼を見合せて、悪戯《いたずら》そうにくすりと笑った。が、夫にはわざとらしく、何とも返事をしなかった。

間もなく信子は、妹夫婦と一しょに、晩飯の食卓を囲むことになった。照子の説明する所によると、膳に上った玉子は皆、家の鶏が産んだものであった。俊吉は信子に葡萄酒をすすめながら、「人間の生活は掠奪《りゃくだつ》で持っているんだね。小はこの玉子から――」なぞと社会主義じみた理窟を並べたりした。その癖ここにいる三人の中で、一番玉子に愛着のあるのは俊吉自身に違いなかった。照子はそれが可笑《おか》しいと云って、子供のような笑い声を立てた。信子はこう云う食卓の空気にも、遠い松林の中にある、寂しい茶の間の暮方を思い出さずにいられなかった。

話は食後の果物を荒した後《のち》も尽きなかった。微酔を帯びた俊吉は、夜長の電燈の下にあぐらをかいて、盛に彼一流の詭弁《きべん》を弄した。その談論風発が、もう一度信子を若返らせた。彼女は熱のある眼つきをして、「私も小説を書き出そうかしら。」と云った。すると従兄は返事をする代りに、グウルモンの警句を抛《ほう》りつけた。それは「ミュウズたちは女だから、彼等を自由に虜《とりこ》にするものは、男だけだ。」と云う言葉であった。信子と照子とは同盟して、グウルモンの権威を認めなかった。「じゃ女でなけりゃ、音楽家になれなくって？　アポロは男じゃありませんか。」――照子は真面目にこんな事まで云った。

その暇に夜《よ》が更《ふ》けた。信子はとうとう泊る事になった。

寝る前に俊吉は、縁側の雨戸を一枚開けて、寝間着のまま狭い庭へ下りた。それから誰を呼ぶともなく「ちょいと出て御覧。好い月だから。」と声をかけた。信子は独り彼の後《あと》から、沓脱《くつぬ》ぎの庭下駄へ足を下した。足袋を脱いだ彼女の足には、冷たい露の感じがあった。

月は庭の隅にある、痩せがれた檜《ひのき》の梢《こずえ》にあった。従兄はその檜の下に立って、うす明い夜空を眺めていた。「大へん草が生えているのね。」――信子は荒れた庭を気味悪そうに、怯《お》ず怯ず彼のいる方へ歩み寄った。が、彼はやはり空を見ながら、「十三夜かな。」と呟《つぶや》いただけであった。

しばらく沈黙が続いた後《のち》、俊吉は静に眼を返して、「鶏小屋《とりごや》へ行って見ようか。」と云った。信子は黙って頷《うなず》いた。鶏小屋はちょうど檜とは反対の庭の隅にあった。二人は肩を並べながら、ゆっくりそこまで歩いて行った。しかし蓆囲《むしろがこ》いの内には、ただ鶏の匂のする、朧《おぼろ》げな光と影ばかりがあった。俊吉はその小屋を覗いて見て、ほとんど独り言かと思うように、「寝ている。」と彼女に囁いた。「玉子を人に取られた鶏が。」——信子は草の中に佇《たたず》んだまま、そう考えずにはいられなかった。……

二人が庭から返って来ると、照子は夫の机の前に、ぼんやり電燈を眺めていた。青い横ばいがたった一つ、笠に這っている電燈を。

四

翌朝《よくちょう》俊吉は一張羅《いっちょうら》の背広を着て、食後匆々《そうそう》玄関へ行った。何でも亡友の一周忌の墓参をするのだとか云う事であった。「好いかい。待っているんだぜ。午頃《ひるごろ》までにゃきっと帰って来るから。」——彼は外套をひっかけながら、こう信子に念を押した。が彼女は華奢《きゃしゃ》な手に彼の中折《なかおれ》を持ったまま、黙って微笑したばかりであった。

照子は夫を送り出すと、姉を長火鉢の向うに招じて、まめまめしく茶をすすめなどした。隣の奥さんの話、訪問記者の話、それから俊吉と見に行ったある外国の歌劇団の話、——そのほか愉快なるべき話題が、彼女にはまだいろいろあるらしかった。が、信子の心は沈んでいた。彼女はふと気がつくと、いつも好い加減な返事ばかりしている彼女自身がそこにあった。それがとうとうしまいには、照子の眼にさえ止るようになった。妹は心配そうに彼女の顔を覗きこんで、「どうして?」と尋ねてくれたりした。しかし信子にもどうしたのだか、はっきりした事はわからなかった。

柱時計が十時を打った時、信子は懶《ものう》そうな眼を挙げて、「俊さんは中々帰りそうもないわね。」と云った。照子も姉の言葉につれて、ちょいと時計を仰いだが、これは存外冷淡に、「まだ――」とだけしか答えなかった。信子にはその言葉の中に、夫の愛に飽き足りている新妻の心があるような気がした。そう思うといよいよ彼女の気もちは、憂欝に傾かずにはいられなかった。

「照さんは幸福ね。」――信子は頤《あご》を半襟に埋《うず》めながら、冗談のようにこう云った。が、自然とそこへ忍びこんだ、真面目な羨望の調子だけは、どうする事も出来なかった。照子はしかし無邪気らしく、やはり活き活きと微笑しながら、「覚えていらっしゃい。」と睨《にら》む真似をした。それからすぐにまた「御姉様だって幸福の癖に。」と、甘えるようにつけ加えた。その言葉がぴしりと信子を打った。

彼女は心もち眶《まぶた》を上げて、「そう思って?」と問い返した。問い返して、すぐに後悔した。照子は一瞬間妙な顔をして、姉と眼を見合せた。その顔にもまた蔽《おお》い難い後悔の心が動いていた。信子は強いて微笑した。――「そう思われるだけでも幸福ね。」

二人の間には沈黙が来た。彼等は柱時計の時を刻む下に、長火鉢の鉄瓶《てつびん》がたぎる音を聞くともなく聞き澄ませていた。

「でも御兄様は御優《おやさ》しくはなくって?」――やがて照子は小さな声で、恐る恐るこう尋ねた。その声の中には明かに、気の毒そうな響が籠っていた。が、この場合信子の心は、何よりも憐憫《れんびん》を反撥《はんぱつ》した。彼女は新聞を膝の上へのせて、それに眼を落したなり、わざと何とも答えなかった。新聞には大阪と同じように、米価問題が掲げてあった。

その内に静な茶の間の中には、かすかに人の泣くけはいが聞え出した。信子は新聞から眼を離して、袂《たもと》を顔に当てた妹を長火鉢の向うに見出した。「泣かなくったって好いのよ。」――照子は姉にそう慰められても、容易に泣き止もうとはしなかった。信子は残酷な喜びを感じながら、しばらくは妹の震える肩へ無言の視線を注いでいた。それから女中の耳を憚《はばか》るように、照子の方へ顔をやりながら、「悪るかったら、私があやまるわ。私は照さんさえ幸福なら、何より難有《ありがた》いと思っているの。ほんとうよ。俊さんが照さんを愛していてくれれば――」と、低い声で云い続けた。云い続ける内に、彼女の声も、彼女自身の言葉に動かされて、だんだん感傷的になり始めた。すると突然照子は袖を落して、涙に濡れている顔を挙げた。彼女の眼の中には、意外な事に、悲しみも怒りも見えなかった。が、ただ、抑え切れない嫉妬の情が、燃えるように瞳を火照《ほて》らせていた。「じゃ御姉様は――御姉様は何故昨夜《ゆうべ》も――」照子は皆まで云わない内に、また顔を袖に埋めて、発作的に烈しく泣き始めた。……

二三時間の後《のち》、信子は電車の終点に急ぐべく、幌俥《ほろぐるま》の上に揺《ゆ》られていた。彼女の眼にはいる外の世界は、前部の幌を切りぬいた、四角なセルロイドの窓だけであった。そこには場末らしい家々と色づいた雑木《ぞうき》の梢とが、おもむろにしかも絶え間なく、後《あと》へ後へと流れて行った。もしその中に一つでも動かないものがあれば、それは薄雲を漂わせた、冷やかな秋の空だけであった。

彼女の心は静かであった。が、その静かさを支配するものは、寂しい諦めにほかならなかった。照子の発作が終った後《のち》、和解は新しい涙と共に、容易《たやす》く二人を元の通り仲の好い姉妹《きょうだい》に返していた。しかし事実は事実として、今でも信子の心を離れなかった。彼女は従兄の帰りも待たずこの俥上《しゃじょう》に身を託した時、すでに妹とは永久に他人になったような心もちが、意地悪く彼女の胸の中に氷を張らせていたのであった。――

信子はふと眼を挙げた。その時セルロイドの窓の中には、ごみごみした町を歩いて来る、杖を抱えた従兄の姿が見えた。彼女の心は動揺した。俥《くるま》を止めようか。それともこのまま行き違おうか。彼女は動悸《どうき》を抑えながら、しばらくはただ幌の下に、空《むな》しい逡巡を重ねていた。が、俊吉と彼女との距離は、見る見る内に近くなって来た。彼は薄日の光を浴びて、水溜りの多い往来にゆっくりと靴を運んでいた。

「俊さん。」――そう云う声が一瞬間、信子の唇から洩れようとした。実際俊吉はその時もう、彼女の俥のすぐ側に、見慣れた姿を現していた。が、彼女はまたためらった。その暇に何も知らない彼は、とうとうこの幌俥とすれ違った。薄濁った空、疎《まば》らな屋並《やなみ》、高い木々の黄ばんだ梢、――後《あと》には不相変《あいかわらず》人通りの少い場末の町があるばかりであった。

「秋――」

信子はうすら寒い幌の下に、全身で寂しさを感じながら、しみじみこう思わずにはいられなかった。

神楽阪《かぐらざか》の半襟《はんえり》

＊――買い物中の夫婦に生じた微妙な心の行き違い

水野仙子《みずのせんこ》

貧というものほど二人の心を荒くするものはなかった。

『今日はお精進かい？』とでも、箸を取りかけながら夫がいおうものなら、お里はそれが十分不足を意味してるのではないと知りながら、

『だって今月の末が怖いじゃありませんか。』と、たちまち怖い顔になって声を荒だてる。これだけ経済をなし得たという消極的な満足の傍、夫に対してすまないような気の毒のような、自分にしても張合のない食卓なので、恰《あたか》も急所をつかれたようにおなかの虫が首を曲げるのである。

『何もそんなに声を尖らせなくたっていいじゃないか。』と、夫の顔も引き緊《しま》って来る。そしてもたれ合っていた愛情が、てんでに自分の持場にかえって固くなってしまうよう

なことがままあった。

　貧というものほどまた二人の間を親密にするものはなかった。恰もそれが愛情に注ぐ油ででもあるかのように。

『寒くなったねえ。もう電車に乗ってもコートを着てない人は一人もいないねえ。さっちゃんもどうかして是非一つ作らなけりゃあ……』と、夫は改札口を出るといきなりつめたく咽喉を刺す空気を怖れるように、外套の袖で鼻のあたりをおさえながら言った。

『寒いだろう？』

『いいえ。』と、お里は歯の根の震えそうなのを噛みしめて、肱を張って両袖を胸の前にかき合せながら、『コートなんか無くたって過せるわ。あれはそんなに暖いたしにはならないんだから。』と、自分で自分に殊勝な心がけを言い含めるように言った。そして我ながらしおらしい気分をめでるように、涙ぐましくなったのを紛すように言葉を重ねて、『あなたは？　寒かあない？』と、病後の夫の血の気の少い顔を下から覗き込んだ。

　それはある日、十一月も僅《わずか》に一二日を後に残している頃であった。どうかこうかその月費したものを償うだけの金が手に入ると、二人は急に開放されたような心持になって、薬代としたものだけを蟇口《がまぐち》の小口に分けて、日の影のない雲った寒い日なのにも拘らず、三時という半端な時間なのにも躊躇しないで、郊外の家から久しぶりで甲武線の電車に乗ったのであった。山が欠けたまま四五日我慢して履いていた夫の駒下駄を買うのが、楽しい第一の目的であった。

牛込見附の櫻《さくら》の枯枝の隙に光るお濠の水のつめたそうなよどみに、鴨か何かが静にじっとつぐまって浮んでいる。冬の日はもうあたりに夕暮の用意をしているらしかった。

『僕はマントも着ているし、ちっとも寒かないがね、さっちゃんが寒いだろうと思ってさ。電車の中で向側から見ていたら、なんだか寒そうな土気色をしていたよ。この頃少し痩せたようだね。』

『そうでもないでしょう。』と、お里は笑いながら自分の頰を撫でて見たが、新しく涙が湧き出ようとしているのを覚えた。

お里はいつも優しく言われると泣きたくなるのである。そしてつくづくこの四五箇月のことが振りかえられる。いつだって今月こそどうしようと思わない月はなかった。都合に依って会社の方をよしてしまってからの病気だったので、一日だって心の落ちついている時はなかった。辛い思をして田舎の里へ無心をしたり、夫の義兄の世話になったりして、ようよう難関だけは通り越して来たが、まだああしてぶらぶらとほんとの体になれないでいる……と思うと、夫がいとしいやら、自分がいじらしいやら、寂しい思に閉じられて過したその頃が、新しく閃いて頭を横ぎるのであった。こうして優しく夫に劬《いたわ》られると、感心な節婦の話ででもあるかのように自分が眺められる。心配と労力に酬いられるものの少い失望も忘れ、月々の薬代を見積って、そっと着物の値段と比べて見たりしたさもしい心の跡方もなくなって、ただ夫の上にお里の心のすべては働き出した。

『なんだか年の暮《くれ》らしくなりましたね。』

広い世界にたった二人が頼り頼られる体であるような、寂しい、その癖心強い今の思を、胸の中一ぱいに溜めて、それを少しずつ味うのを楽しむもののように、お里はぽつりぽつりと口をききながら歩いた。

久しく家に近い牧場の牛の声や、豆腐屋の喇叭《らっぱ》の音などにばかり慣れていた耳に、混雑してはいる町の物音が、なんとなく心をせき立たせた。歳暮に間もない神楽阪の空気は、店々の品飾の上に漂って、新乾海苔のつやつやしい色が乾物屋の店先を新しくしていた。

『下駄と、足袋と、それからあなたはインキを買うって言ってたわね。』と、お里は爪先あがりに阪を登りながら数えたてていたが、ふと髢屋《かもじや》の店が目につくと、『あ、そうそう、私すき毛を一つ買おう。』と、思い出したように小ばしりにその店に寄って行った。

髢屋の主人が背のびをして瓦斯《がす》にマッチを擦ると、急に青白い光がぱっとして薄暗い店先を照した。気がつくと、阪下阪上の全体に燈がはいっていた。

『下駄はどこで買いましょう。』と、そこから出て来たお里は、夫と並んで歩き出しながら言った。

『さあ。』

阪を上りきって広々とした往還に出ると、二人は少し足をゆるめて、右と左のさまざまな店々を見廻しながら歩いた。お里が殊に気をつけたのは、洋物店の硝子の中に飾られた刺繍入のショウルの中に、自分達の力に添った価のものを見出すことであった。呉服屋の飾窓に自分の年と恰好した品物が目につくと、なんとなく寄って見て正札を覗き込んだ。

『まあいい柄！』

お里はふと立ち止って、とある半襟店の小さなショウウィンドウを眺めていたが、同じく足を止めた夫の傍を、つと離れて覗きに行った。

『ちょっと、ちょっと。』と、やがて手持無沙汰に立っている夫を呼んで、にこにこしながら、『ね、いい柄でしょう？　四十八銭だって……ほんとの縮緬《ちりめん》じゃないのよ。まがい……でもいい柄でしょう？』と、傍に立っている人に憚るように、後の方は声を低めた。

『うん……それよりもあっちのがいいよ。』

『だって……』と、お里は夫の趣味が自分と一致しないのを発見したような不平を感じながら、『どれ？　あれ？　まあ厭あだあんなの、あんな平凡なのよりこの方がいきでいいわ、私こんなのがすきよ。』

『ね。』と、やがていかにも心を引かれるようにひたりと硝子に顔をつけて、『買おうか知ら？』と、同意を求めるように夫の顔を見た。

『あるじゃないか一つ、ちょうどそんなのが……』

『だって……』

お里はちぷりと油に水をさされたような気がした。黒地に赤糸の麻の葉を総模様にしたその半襟をかけた自分の白い襟元と、着物の配合とがたちまちにして消えた。

『どうせ買うならこっちの方が……』

『ああよしましょうね。』

こう言ってお里は弾かれたように、つとそこを離れた。その時ちらと夫がいいと云う柄の正札を睨んだ。二円なにがしの値がついていた。

『でも入るなら買ったらいいじゃないか。』

あまりに反発的な態度だったので、夫は居残って声をかけた。

『いいのよ。』と、お里はずんずん歩き出した。

『おい！』

『……』

『おいおい！』

『いいのよ。入らないのよ。』と、お里は夫を待ち合せて、『間に合うの。私あんまり値が安かったものだからちょっと迷ったの。考えて見りゃ、あんなもの買うどこの騒《さわぎ》じゃなかったのよ。』


お里は自分の殊勝な心から考え直したのであることを夫にも思わせようと優しく言ったが、顔を見ていうことはできなかった。あてどもなく前の方ばかりを見つめて歩いているうちに、はっきりしていた燈がいつか瞼にうるんでいた。


あんなけちな安物一つ思のままに買うことができないのだと思うと、何やらうらめしいような気がしてならない。それに夫が、自分が安物で間に合せようとしたことを認めてくれなかった不平もある。二円も出るものを、私はなんで今の場合買おうなんて言おう！

『あの家に入って見ましょう。』と、お里はずんずん夫の先に立って、毘沙門前の下駄屋にはいって行った。


あれこれと桐の柾《まさ》のよりごのみをしながら、お里はいつものように、あれがいいのこれが悪いのと厳しい干渉をしなかった。

『買いたまえ！』と、無造作に、大様にそう言って貰いたかった！　そして懐に手を入れかけた時に、主婦らしい考を起して、無駄なことをと、綺麗にあそこを去って来たかった！……

『あなた、インキを買うとか言ってらしたっけ、私ここで待ってますから行ってらっしゃいな。』と、お里はやがて台と鼻緒を選《え》り分けて亭主の手に渡すと、夫に向ってそう言った。

『うん。』

外套の袖をさやさやいわせながら夫は出て行った。お里は腰掛を低い框《かまち》に引き寄せて、火の気の薄い火鉢に手を翳《かざ》しながら、亭主の手許に見入っていると、夫は間もなく帰って来た。そのままはいって来るのかと思うと、

『堅くないようにたてて貰ってね。』と言い置いて、またつかつかと阪下の方に向って歩いて行った。

『どこに行ったんだろう？』

お里は怪訝そうに目をその後姿にやった。

『もしや？……』と思った時は、何となくどきりとした。

『そうかも知れない、あの人のことだもの。』と考えた時は、嬉しさに胸が早鐘のように鼓動を打っていた。

お里は夫が黙って、そっとあの半襟を買いに行ったのだと思ったのである。そう信じてしまうと、嬉しいような、有り難いような、先刻の不平だの、味気なさだのは泡のように消えてしまって、そうまでして自分を劬《いたわ》ってくれる夫の心持が気の毒にもなって来る。『ほんとうにいらなかったんだのに。』と、しんから気の毒そうに、その癖嬉しそうに呟く胸を抱えて、『鼻緒をあんまりつめないで下さいな。』と、お里は亭主に言った。

二人の間に溶けて流れるような薄甘い情緒が、この世のかぎりな幸福を齎《もたら》して、感激の涙が走るように瞼をついて出ようとした。お里は慌ててそれを鼻のあたりに抑える辛さを覚えながら、『君の下駄も買っときたまえ。』と、今日の出がけに言った夫の言葉を思い出した。そして俛《うつむ》いて後の減った下駄を眺めていたが、これで暮まで間に合せて見ようと、何の苦痛もなく心をきめて、それがせめてもの夫の優しい仕打に対する返礼のような気がした。

『まだかい？』

夫は忙しく戻って来た。お里は何となく胸をとどろかせた。

『どこに行ってらして？』と、きこうとしてきかなかった。

『どうもお待遠《まちどお》さまでございます。』と、亭主は腰を低めて、下駄の歯と歯を喰い合せると、小僧に包紙をとらせて、手早く紐を捻《ひね》った。

それを包むとて風呂敷を広げた時、お里は夫が黙って外套の袖の下から半襟を投げ出しはしないか知らと思った。

『もう買わない？』と、夫は歩き出しながら言った。

さやさやとその袖裏が揺《ゆ》れた時、『そら！』と手から手へ渡されるのではないかと思った。けれどもそれは冷い空気を避けるために、鼻と口とを押えたのであった。

お里は少しく失望した。それでもどうやら夫の袂の中にあの半襟が潜んでいるような気がして、並んで歩くにも絶えずその辺が気になった。

『なんだかいやに黙り込んでしまったね。』と、こう言って夫に顔を覗かれた時、お里はただ薄わらいした。

何事も知らぬように行き過ぎようとする夫の袖のかげから、お里は恐る恐る先刻の半襟店の飾窓に目をやった。その時は反対の側の方に近く歩いていたのだけれど、視覚の記憶《きおく》はあきらかにその幾筋もの模様を識別した。

その一掛のところだけ明けられてあるか、それとも別なのが飾られてあるかと、まざまざそれが見えるような気がしていたのも仇となって、黒地の麻の葉はもとのとおりにその濃い彩で道行く人の目を引いていた。

『おい！』

『え？』

『どうしたの？』

『何が？』

『どうかしたのかい、黙り込んでしまったじゃないか。』

『ふふ。』と、お里は寂しく苦笑して、『あなたねえ、さっき下駄屋からこっちへ何しにいらしたの？』

『さっき？　インキの大瓶のがなかったから別な店に行って見たのさ。』

『そう。』

『どうして？』

『いいえ、なぜでもないの。』

こう言ってお里はまた黙り込んでしまった。いつの間にか日はすっかり暮れきっている。夜店をひろげる商人が、あちこちの場所に見えた。

『おい、何か食べて行かないのかい？　さっきそう言ってたじゃないか。』

『そうね。』

気のない返事をしたまま、お里はなお緩く歩き続けた。少しずつ吹いて過ぎる風に、顔の脂肪気をすっかり脱き取ってしまわれるような感じをしながら……

流れ藻

高見《たかみ》順《じゅん》

＊――妻に浮気された男の未練

その夜は、格別はなはだしい寒気とすることはできなかったらしいが、私には骨身に徹した。

――私は時計が一時を報ずるまで、蒲団のなかで全身を耳のようにして、私の妻の喜美子が帰ってくる足音を待ち焦《こが》れていたが、ボーンという哀しい音とともに、とうとう堪え難くなり、けだもののように飛び起きると、そのまま深夜の家外に駈け出た。私は騎虎《きこ》の勢いで、どこへでも暴れ込んで喜美子の頸筋《くびすじ》をひッつかんでやりたく、手がワナワナと震えていたけれど、道の四辻まで行くと、そこで喜美子を迎え待つべく、立ちどまらねばならなかった。もっと先まで駈け出したく、無闇と逸るわが心を、事実私は手綱をぐいと曳くごとき恰好を私の両手に与えて抑え、これから先へ行ってしまったら、どっちから帰ってくるか分らぬ喜美子の帰途を擁することができなくなるじゃないかと自分を叱りつけた。寝着姿の私は、そうして、二月の寒風が吹き荒ぶ夜更けの街路に立ち竦《すく》むうち、ようやく寒さに我慢できなくなった。私は風を避けるため、傍の電柱に身をひそめ、そして地蹈鞴《じだんだ》を踏むみたいなことをして暖を呼ぼうとしたが、仲々かなわぬことであった。私は莫迦くさくなり、喜美子へ向けた腹立ちが自分にむかってきた。なんだって、こんな恰好で外へ飛び出してきたのだ。宛然《えんぜん》眼のくらんだヒステリー女の所業《しわざ》ではないか。男であるからには、平然として家で寝ていたらいいではないか。そこへ妻が、そッと帰ってくる。随分遅いねと私は莞爾《かんじ》として言う。その悠悠として迫る睨みの方が、ピシリとくるに違いない。――そう思いながら、私は家へ戻ることができなかった。我武者羅《がむしゃら》に飛び出して来、そしてここでスゴスゴ帰ったのでは、いかにも軽はずみの自分を認めることに相成るのが口惜しいからだったろうか。薄情な喜美子には、こうした緊迫したものを以って迫る方が、彼女の心を再び私の方へ振り返させるのに有利だとしたせいだろうか。――寒気は全く私の骨身にこたえて来た。

一分が恰《あた》かも一時間の苦しさを持っていた。道の彼方に自動車の前照燈を認めるのに、この郊外の外れでは、なかなかの時間を要したが、昼間はまるで自動車の通行を見ないにも拘らず、深夜になると、それでもなかなか有るのを私はその時はじめて発見した。

いわば、そんな発見にヘンな感心をすることに、私は遺瀬《やるせ》なさを僅かに慰めるすべを見出していたようであった。そして、すなわち、私はヘッド・ライトを認めると、電柱の影から蟹のように眼玉を飛び出させて待ちけたが、すでに何台かは空しく私の前を素通りし、または驀進《ばくしん》して来るかに見せかけて、光が仲々大きくならないので、おやと思うと、スーッと消えて、中途で停ってしまう自動車もいくつかあった。

間もなく、一人の酔漢が彼方の横町から、ひょっこり現れ、こちらへと歩いて来た。私は他人に見られてならない姿を見られるかのごとき驚きと狼狽に捉えられ、電柱のうしろに身を細めるようにして竦《すく》んでいるうち、鼻唄をうたっている太平楽の酔払い奴にようやく敵意を覚えてきた。このようにじッと隠れん坊をしていて、そばへ来たらヌッと顔を出し嚇《おど》し付けてやろうかと考えた。酔漢の足音は次第に近付き、私は顔を顰《しか》めているると、突然、ヒェッという叫びが彼によって挙げられた。彼の酔眼は電柱に身をひそめた私をどうやら認めたらしく、私はもう仕方がないから、足音高く一歩前に踏み出すと、彼は再びゲッ！　と断末魔のような叫びを発して、手にした鞄を危く取りおとしそうな恰好で一二歩、後に飛びのいた。私は流石に気の毒になったが、何と言う訳にも行かないので、月も星もない空へなど眼を向け、彼に危害を加える意志のないものだということを、その私の様子で彼に納得させようと試みた。しかし、こんな深夜に、しかもこんな寒い冬だというのに、うすい寝着一枚で街路に突っ立って天など仰いでいる人間は、普通の印象を与えることは出来なかったに違いなく、哀れな酔漢は酔いもいささかさめたというような顔に、ヘッヘッヘッという愛想笑いさえ浮べ、抜き足差し足で私の前を通り過ぎて行った。そして通り過ぎると、駈け出したいばかりの焦った歩調であるのを、私は横目で見、秘かに陳謝する意味でその後姿にピョコンと私は頭をさげた。

こんな悪戯みたいなことに係っていて、私はひょっと眼を転ずると、一台の自動車がいつしか近付いてくるのを見た。何故か、これだと私は感じたが、よく観察するとそれは客席のない自家用の自動車で、やはり違ったかとまたしても空へ眼を放った。

自動車は私の前で速力をゆるめ、私は何気なく見ると、運転台の隣りに並んでいるのは、それは正しく喜美子ではないか。(喜美子が自動車を雇って一人で帰ってくることしか、私は想像できなかったのだ。)

アッ！　私の叫びと共に、一度とまりかけた車は、私に紫色の煙を浴せて再び急速度で走り去ろうとした。私の叫びと同時に、彼女も何やらかたえの男に言ったらしい声を私の耳は確かに聴き捉えたが、思いがけない私の姿を見て、彼女は、ここで降りたら大変だわ、かまわないからドンドンやって——というようなことでも言ったのであろう。

おい、喜美子！　おい、降りろ！　私は逃げ去ろうとする車に向って絶叫し、ふと、しゃがんで地べたに両手を匍わせたのは、車にぶつけるべき石を探す意味であった。事の荒立つのを恐れてか、喜美子の新しい恋人である、その車の持主は、ぐいと自動車をとめた。それが私には堂々の挑戦に感ぜられ、私は石を捨てると、それに向って突撃することがよう出来ないで、立ったまま睨みつけていた。彼女は仲々降りて来ず、それはすでに敗色明らかな私を、新しい恋の勝利者と打ちならんで自動車の上から、なんとまあ女々しく意気地のない男だろうと見おろす魂胆と考えられた。それなら、それで宜しい、喜美子よ、ここまで出てこい、地べたに叩きのめしてやる。私は拳固をかためた。売女、私はそう怒鳴り、彼女は悲鳴をあげるだろう。見かねて彼が飛んで来、まあ、まあ、乱暴はおよしなさいとでも言ったら、私は言ってやろう。君はこの女と何の関係があるのか。僕はこの女の亭主だ。女房の浮気を亭主が折檻するのに、他人の口出しは、やめて貰おう。私は奴の前で、ギューギューと喜美子をいためつけてやるんだ。

そう考えを巡らすことの出来るほど、彼女は姿をなかなか現わさず、自動車は不気味な静まりのなかで、じっとして動かぬ。それを睨んでいる私は次第に、敗北の悲しさに憤りが負けてくるのを感じた。なんとしてでも喜美子を失いたくない。私はただそれだけなのだ。犬のように地面に匍いつくばって叩頭《おじぎ》しろと言われれば私はする。それで彼女が私を捨てないと誓ってくれるなら、私はする。私から逃げようとしている彼女を、私は、ただもう離したくないのだ。――彼女の新しい恋人の前での、私の乱暴狼藉は、後で私になにを与えるだろうか。私にいよいよ愛想をつかすだけの効目しかないであろう。そう考え及ぶと、私はたちまち項垂《うなだ》れてしまうほかは無かった。くるりと身体を返し悄然と家へ戻って行く私の眼に、いつしか熱い涙が溢れて来た。私に何の咎があって、こんな憂き目を見ねばならないのだろう。私は不貞な妻を憤るより、こうした悲しみに会わねばならぬ自分が可哀そうでならなかった。

頬に伝わった涙が、すぐ冷え、ヒリヒリした。私の足はいつのまにか駈け出していて、先刻はクスンともいわなかった道端《みちばた》の番犬が、今度は暗い草叢《くさむら》のうしろからワン、ワンと吠え立てた。

家へ入るなり先ず私は電燈を消し、温い室内に凍えたような身体を置くと、新しい震えが激しく起ってきたその身体を、おもいきり乱暴に蒲団の上に投げ出した。そして私は子供のような、ワーワーという大きな嗚咽の声を挙げながら、ガタガタ震える全身を揉みに揉んで、悶えたのである。

そうしながら、私は喜美子のハイ・ヒールの靴音を、今や遅しと、聞耳を立てていたが、それがまた思うように、なかなか響いてこなかった。思うに、この私の身も世もあらぬ嘆き悲しみようは、私をいたわるすべであると共に、彼女の眼にも見せて訴うるところありたい意味のものであったらしい。ところで、悲しみの涙はそれがたとえどのように深く限りもない悲しみであろうと、ある程度まで流しおわると、もう出てこないものであることを、私はそのとき初めて教えられた。涙が既に涸れ、それでもまだ喜美子が帰って来ないのを知ると、私は周章《あわ》てた。ただ一途に悲しがっている私の心に、もしかすると、喜美子はこのまま、私の許から立ち去り、もう戻ってこないのではないかという危惧が侵入して来て、そのため悲嘆の度を弱め、またそのための周章《しゅうしょう》であったかもしれぬ。

来るべきところへとうとう、来てしまった。そう、男は言っているのだろう。——喜美子さん、このまま家を出てしまってはどうか、今夜、家へ帰るのは危険な気がする、所詮、今の夫と別れるのなら、この機会に姿を消してはどうか。——私はそう言う男の声が、私の耳にちゃんと聴かれるようで、鼓膜が熱して来、痛く成って来た。私はすっくと立ち上り、もう一度戸外へ駈け出したくなった時、案外元気のいい、いつもと変らぬしっかりした喜美子の靴音が私の耳にビン、ビンと響いて来た。

再度、わが身を私はどッと打ち倒し、号泣せねばならぬとしたが、うつけのようになった神経はてんで動かなかった。涙の涸いた皮膚はこわばり、私は自分の顔が面のように感ぜられた。

た、だ、い、ま――喜美子は常とおなじ、甘ったるい声を出して格子を開けた。私は唾を指先に取って眼になすりつけるのだったが、この子供欺しのようなことを読者に笑って貰いたくないのである。浅間しいとは私自身反省されることであるが、そうまで成りさがった私に私はさすが、愍然《びんぜん》と成らざるを得ないのである。

真暗な部屋のなかで、恋愛結婚して三年の間柄の夫が、ヒーヒーと絶え入らんばかりの泣き声を立てているのを見ると、喜美子はやはりギョッとしたらしい唾の呑み込み方をし、しばらくあってから、ごめんなさいと言って、ガクリと膝をついた。いつものデ、ンで、談笑のうちに誤魔化し去ることの、今夜は出来ないのを彼女は悟ったらしく、ふたたび、御免なさいネと鼻声で言った。

誠実を装った彼女の声は、私の胸にキューンと滲みた。ぼけたみたいに成っていた私の心はたちまち悲しみを呼び戻すことができ、ほんとうに私は泣きはじめた。悶絶するのではないかと自ら恐れたほど、私は悲痛に訶《さいな》まれはじめ、胸の奥までがヅキヅキいたみ出した。遂に呼吸さえ苦しく成り、あッふ、あッふと喘ぎはじめた。

喜美子は手探りで私に近附き、私の肩に犇《ひし》としがみつくと、ね、ね、もう、そんなに苦しまないで、お願いだから。彼女も泣き声であった。あたし、もう、別れるなんて言わない、あんたをそんなに苦しめてまで、あたし別れたくないの、ね、許して。

私は喘ぎながら言った。ほんとか。

ほんと、あたし悪い女だと初めて分ったわ、あんたが、そうまで、あたしを想ってい てくれるのに、そのあたしはあんたを捨てて外へ出て行こうなんて、ね、ごめんなさい ね。――

私達の間にかなりの沈黙があった。

やがて、彼女が静かに立ち上る気配がし、パット電気がついた。私は眩暈を感じ、両 手で顔を蔽った。

しばらくして光になれ、私はオズオズと眼を周囲にやると、彼女は真直ぐ私に泣顔を 見せつつ、靴下を脱いでいた。それが私にはまぶしいと共に、私の怒りが彼女の媚態で 今まで幾度もてもなく丸め込まれてしまったことを、胸に置いての所作と私には直ちに ピンと来、不愉快でもあったから、私はプンとソッポを向いた。そういう娼婦的な、も のの考え方が、彼女の日常いたるところに見咎められないではいなかった。私はそれを かねて不快とし、しかも一方では、それを享楽したいのであった。

ね、ちょっと、ボタンはずして。――故意か、偶然か、彼女は洋服のボタンをはずす のを忘れたため、紙袋をかぶったじゃれ猫のような恰好をして、脚をばたばたさせてい た。私は黙ってノッソリ腰をあげ、ボタンに手をやると――あら、くすぐったい。私の追及の鉾を、痴態を以ってして例のごとく欺こうという術策なのだろうか。彼女は大袈裟な嬌声を発し、私は唇をへの字に曲げていた。あんたの手、とてもつべたいんですもの。

彼女が兎に角、洋服を脱ぎ終った途端に、私は彼女の頬をはっしと打った。まあ。――彼女は頬をすぐと蒼くさせ、そのため、指の跡が赤く鮮かに出た。なにすんのよオ。私は歯をカリカリと噛み鳴らしたいくらい、激しい嫉妬に突然襲われたのだ。彼女が折れて出たとなると、威丈高になって来たのだろう。私は唇を噛んでジリジリと迫って行った。な、なにすんのさ。彼女は恐怖と憎悪で、肩をはげしく震わせ、来るなら来いというような伝法な眼付と身構えをした。

とても語るに堪えない、こうした痴情のかずかずの縺《もつ》れを経て、私等はとうとう別居した。といっても、私は喜美子に対する未練はどうしても断ち難く、自然、私を捨てて行った喜美子を怨むより、喜美子を私の手から奪って行った男に対する復讐に燃えて、私はその手段に日夜肝胆を砕いた。もとより非力の私には、男の所へ殴り込みに行くなどは到底かなわぬことであった。そこで、卑劣な私の念頭に浮んだのは、私の学校時分の友人で腕力が殊にすぐれ、性粗暴で響いている男のことであった。私はその男を蛇蝎《だかつ》のごとく忌みきらっていたから、通り一遍のつきあいであり、その故に私は彼に近付こうとした。

ある夜、私は彼を、池上本門寺の山の下にあるその小さい家に訪れたが、姦《かしま》しい蛙の声が家をすっかり取り巻いていたからして、はや早い夏が来ていたのである。案内を乞う声に、三指《みつゆび》を立てて私の前に丁寧にお辞儀をしたのは、私の知らない彼の妻であった。私は彼女に、私の名前を言いながら、こんな淑やかな女だったら喜美子なんかとはちがって、間違いは無いというようなことを頭のなかで考えていた。

よオ、君か。彼は相変らずの途徹もない大声を立て、拇指《おやゆび》を兵児帯《へこおび》に挟んで、その方の肩を上に揚げ、まあそう云った西郷隆盛のような気張った恰好で私を見おろした。しばらく会わなかったな、元気か、まあ、あがれ。

奥の六畳に私等が坐ると、彼は、おい、ビールを持ってこいと怒鳴った。彼の妻は隣室で、はいとは答えたが、台所へ立つ風もなく、私に見えないよう唐紙に隠れながら、何か彼に目配せのようなことをしていたらしく、彼は何気なくそちらを向くと、アーン？　と濃い眉の間に縦皺を寄せて不機嫌な声を発し、立って行った。そして私のところへ戻ってくると、ちょっと待っていてくれと言い残して、家を出て行った。

　そして彼がビールを三本かかえて帰ってくるまで、彼の妻は隣室から絶対に姿をあらわさなかった。私は幾度、あの……とか、もし……とか、彼女に呼びかけて、内気な彼女にこっちへ話に出てくるきっかけを与えようと思ったか分らなかったが、物音ひとつ立てずに坐り込んでいる彼女の慎ましさは、遂に私の口を動かさせなかったのである。私は煙草のマッチをきらし、それをほしいと言いたかったが、バットの口は空しく私の歯で噛まれていたのであった。——ビールをどんと私の前に置くと彼は、しようのない奴だといまいましそうに舌打ちをし、それは彼女に当っているものらしかった。私が迂闊に、え？　と言うと、彼は、いやなにと苦笑して、この辺の酒屋はビールを帳付けで持ってこないんだ、強く言えば勿論持ってくるんだが一応いやがるのさ、女房の奴は意気地がなくって酒屋へ談判に行けない、困った田舎もんだ。私は、そんなにまでしてと恐縮しながら、肚では、学生時代から大酒呑みの彼のことだから、きっと酒屋の借金が嵩んでいるのだろうと思い、折からコップを持って、おどおどと出て来た細面の彼女の顔に同情の瞳を注いだ。田舎者というから、彼の郷里の広島から貰った妻であろうが、いずれは素封家の娘に違いない気品と肌理《きめ》の細かさを持ち、眼立つ美しさではないにしろやはり美しいとせねばならぬその顔には、乙女の夢が今だに匂っている如くであった。私はいつ結婚したのかと聞かざるをえなくなり、彼はもう一年に成ると答えて、どういう意味か、フンと鼻を鳴らし、彼女は自分が人妻であるということを私にはずかしがるみたいに、その小さい耳を真赤に染めて俯いた。

このような、庭の片隅に静かに咲いている花のような彼女に、これはまた実に似附かわしくない彼――いわばそこに花が咲いていようが、蟲が鳴いていようが、無雑作に踏み砕いて行く獰猛な犬、そう私には考えられて仕方のない彼は、学生時分とすこしも変らぬ、グイグイというビールの飲み方をし、飲むと、もと通りの大言壮語がはじまった。彼はその粗暴な振舞の故に、数度変った勤先を三箇月と続けることができず、今は遠い親戚に当る評判しよろしくない弁護士の事務所にゴロゴロしていて、その下働きをしている旨、私は友人の口から既に聞き知っていたが、その夜の彼自身の説明に依れば、彼はその弁護士と共同で、大阪ビルに事務所を設け、最近の大仕事としては朝鮮に於ける金の発掘、ひとつ当って見ろ、大変なことだということであった。てんで信用しない顔の私に、これを見ろと、彼は床の間から持って来た汚い岩石のかけらを突きつけ、目下、試験所で分析中だ。ほう、こんな石ころに金が一体あるのかね。浮かぬ顔の私を、彼は叱りつけるみたいな語調で言った。有る無しではない、問題は今や含有量だ。――世間でよく聞く、あやしげな鉱山を含有量これこれと偽って、事情にうとい金持から金を引出す、そんな山カン仕事の下廻りでもしているのだろうと私は考えていた。高文など下手にパスしないで却ってよかったと、一方、彼の気焔はやまなかった。下らん役人になど成って貧乏しているより、一攫千金の方がええて。そして彼は喉仏まで見える大口をあいて、身体ごと揺《ゆ》する豪傑笑いをしたが、私は笑うことはできなかった。肝賢の私の用件が少しも切り出せないばかりでなく、その用件は私の心を兎に角暗くしていたからである。

　彼が独りでまくし立てている内に、夜は徒らに更け、さて、もう帰ろうと立ち上りかけた時、彼は、お前、なんか用事があって来たんじゃないかと言った。勝手にしやがれといった仏頂面を横に向け、でも、ややあって、私は、実は女房別れをし、そのことで相談に来たと低声で言った。相談に来たというのはいかにも我が意を得たといわんばかりの、顎を逆に上へと突きあげる傲慢な彼の頷きは、私の舌の動きを少からず渋らせるのであったが、こうだからこそ余計、述べねばならぬ、そして彼を利用せねばならぬと私は私を叱咤した。

　私は私立大学の法科の学生時分、映画研究会の幹事をやり、我ながら華やかなと今でも思いだすと、うっとりする日常を送っていた。そのふわふわした華やかさのなかで、当時、研究会の事務所を置いてあった喫茶店の女給と、私はいつしか恋愛をし、そのまま、夫婦になったのが喜美子である。卒業とともに、私はかねて出入していた映画写真月報社に入り、入ると、間もなく私は、外部で描いていた幻の見事に破れるのに気付いたが、もう駄目だ。しがない勤人根性にすぐと捉えられていた私は、ずるずるべったりに安月給にしがみついていて、どうにも生計がつらいと成ると、喜美子を再び喫茶店に出すことを考えたが、喜美子は、では、あたし、マネキンになると、案外気楽に言った。生活力に乏しい男の常として、私は妻が活発に稼ぎ始めると、いよいよ無気力へと化して行き、妻に總《す》べて靠《もた》れかかる傾きとなった。私はこの世に喜美子をおいては他に女が存在しないかのように、まごころを傾けて愛し、その愛情でもって私の色々な意味での欠点のこらずひっくるめたものの代償になり得ると安んじていたが、喜美子は喜美子に凭《よ》り掛っている男より、喜美子が凭り掛りたい男をもとめ出しそして新しい恋愛が生じた。――このようなことは勿論、当時から数年経過した今となって初めて、私の言い得られることで、当時は、ただもう私は私の全身的な愛を裏切られ、喜美子は誰の眼から見たって不貞呼ばわりされずにはいない悪魔としか、私には考えられなかった。私がその時、私の友人に語ったやり方はなおそれ以上に、私がいかに良人として非の打ちどころのない善良な男であり、それに比して彼女がいかに冷酷で残忍で薄情で無節操であるかを、言葉巧みに誇張する方法で、私は映画評論などを書いていたから、口は人一倍達者であり、私は自分の悲痛な言葉にようやくみずから酔って行き、ますます言葉は熱と精彩を加えて行った。先に書いた夜の場面など、私はあれよりもっとうまくしゃべくる内に、眼には涙さえ光って来る始末だった。

聞手の友人が、眼を据え拳を固めるさまは、私の話が充分の成功を得たことを告げるようであった。そこで私は、君の力を借りて制裁手段を講じたいと言うと、彼は、宜しい、明日M君（弁護士の名）と篤と相談して見よう、実に怪しからんだ女だ、そういう奴は厳しく膺懲《ようちょう》せにゃならん。――その言葉に私は二つの不満足とするところがあった。一つは懲しめたいのは女より、女を奪った男であることで、もう一つは、彼は法律的なことを考えているらしいが、私はもっと直接的な暴力的な方法を思っていたのであるが、予期した以上の彼の力みように、私は一先ず快心の笑を秘かに洩らしたのであった。

然るところ豈図《あに》らんや、彼がそのように力んだのは、私への同情からではなく、所謂事務所のひとつの「仕事」にそれが取り上げられるという打算から出たものに過ぎないことは、翌日私が彼の事務所へ訪れると、すぐ判明するところと成った。彼は短く太い指で顎を撫で廻しながら、索然とした面持でこう言うのだ。ありゃ、君、駄目じゃて、離婚しない前なら制裁云々も有り得るが、法律的に離婚した以上、それは女を他人にしたことであってだね……と三百代言の口調と冷たさ以外には無かった。私はもともと、そんな気持ではなく、この血気に逸ることの好きなと私の思った彼が、よし、俺がやっつけてやると腕を叩き、怨み深い男に暴力的な復讐を与えてくれることを考えていたのだ。――この世に頼るべき人間は所謂自分以外には有り得ない。そんな感慨に胸をつまらせて悄然となった私の肩を、彼はポンとたたいた。俺の女房がな、あんなやさしい、いい方《かた》の所を出て行く女の気が知れないと、そう昨夜、言っとったぞ、ハッハッハッ。

それから約一年ぐらいたった、暑い舗道で、私は彼に会った。例によって、よう、君かと大声を挙げると、彼は私を見たので思いついたらしい言葉として、君、マネキンちゅう商売はえらく儲かるもんだねと言った。それはまたどうして……と、私が眼をパチパチさせると、彼は、しまったという翳《かげ》を一瞬、脂のいっぱい浮いた顔に過《よぎ》らせ、怒ったごとき調子で、女房が実は遊んでいても詰らんというんでやっているんだが……。遊んでいても？　ウソつけと言う意味で私は、で、君はどうしているんだ。金《きん》の話はどう成ったい。――Mと喧嘩したんで、あれはやめだ。――どこかへ勤めているのか。――勤め？　真平御免だ、目下二三のものと種々画策中なんだが、うまく行ったら君にも一枚加わって貰うかな、けったいな活動写真の提灯持ちナンカやめたがいいぜ、俺の今度の仕事というのは、いいか、これは絶対秘密にしてくれ、他の奴に出し抜かれると困るんだ、今、外務省と折衝中なんだが、外国へ輸出する日本商品の海外宣伝という奴だ、新聞にするか月刊雑誌にするか、まだ具体的に成っとらんが、国家的な仕事でそして儲かる、紙面の大半は広告なんだから占めたものだ、どうだい、大したもんだろう。景気のいい言葉に較べて、これは誠に貧相なよれよれで垢じみた彼の洋服に、私は憂鬱な視線を落して、話を彼の妻の方に移した。

これは彼の余り好まない話題らしく、道端の小石を蹴飛ばしたりしていたが、あんなおとなしい人が、よく……といった風なことで、私が意地悪く迫って行くと、彼はこんなことでも威張らずにはいられない性分を見せ、彼の妻はそのマネキン倶楽部でナンバー・ワンの位置にすぐ成り、引張り凧で大変だと語った。その口振りは、私の前妻などと比ぶべくもない彼女の売れ方だと言いたげで、それでもって、彼女の夫である彼を私などより偉く私に感じさせようとでもするようだった。私は、女房をマネキンに出して私の轍を踏まないようにと、充分の冗談味を含ませて言ったところ、彼はたちまちその肩を憤怒的に聳《そび》えさせ、君と僕とは人間の素質が違う、女房をガッチリおさえている僕に、そんな馬鹿げた憂いはないと豪語した。

まあ、お茶でも飲もうと私は誘った。お茶なんてケチなことをいうな、ビールを飲もう。そう彼は言うが、私の嚢中《のうちゅう》は飲酒にはすこしく乏し過ぎた。念のため、彼が払うならビールを飲むと言うと、彼は、俺は金はないといまいましそうに唾を吐いた。

それから、はや三年たった最近、私は喜美子が銀座裏のバーに出て働いているという報道を友人某から得て、すこぶる驚かされた。ざまア見ろという感じだろう？　そう口には出さないが、顔に出している友人某に対して、否、私ははずかしめられた想いで顔をあげているに堪えなかった。

事の真偽をたしかめたく、早速、私はその酒場へと赴いたが、城門をかたどって大きな円形の金具などを打ちとめた入口の扉の前で、私は躊躇《ためら》った。私は今日、もはや愛憎のモヤモヤを脱したさらりとした心持でいることができるように成っていた。では、何故、彼女に会おうとするのだろう。彼女はもしかするとそういう哀しい境涯に堕ちた彼女を私が見に行くことを、彼女への怨みつらみに未だ執着している私が彼女をあざわらい、はずかしめに来たものと思わぬでもない。それは私の本意では無いのだ。では何の意あって、私の足は、かくもそわそわとここへ運ばれたのであろう。

曰く言い難いと私は遁《のが》れるより仕方がない。強いて言えば、人の世のかなしさといったものを、私は彼女との穏かな微笑の交換によって、嘆きあい、そしてお互の傷つけられた魂を慰めあおうとでもいう積りであろうか。ともあれ、私は扉を押してしまっていた。

薄暗い室内のなかに、私は喜美子をさがす力はなく、猫背のような恰好をして最寄りの椅子についた。ビールをと、寄ってきた女に言い、さて、私はさりげなく眼を配ったが、狭い酒場に五六人もいる女のうちに、喜美子を見ることができなかった。なんだ、うそか。そこで鷹揚に背を椅子に投げ足をのばし、トイレットとおぼしい所の戸がこっちに向って開くのに、何気なく眼をやると、そこへ出て来たのは、ああ、やはり喜美子であった。

喜美子はその顔に分厚く塗った化粧の奥で、一種複雑な動揺を見せたが、すぐと、普通の笑いに移して、いらッしゃいと私の側に立った。私は、しばらくだったと言おうとして、まごまごしていると、しばらくでしたわね、もう二三年会わなかったわねと彼女は流暢に言ってのける。いや、もっとになる。言わでものことを私は唸《うな》るみたいに言った。彼女の前へ出ると、その昔彼女がいつでも私の前に立って歩き、私は万事気圧《けお》されていた惨めな習慣が容易に蘇ってくるのに呆れ、腹が立った。すなわち、早く酔わねばならぬとした。

彼女がどうして女給なんかになったか。私と別れてからの経路など、それは問う必要がなく、化粧された顔は年齢と流転の影を隠すことができなかったから、私には、それで、もう沢山だという気持であった。

そういえば、ねえと彼女は膝を進め、私は、何がそういえばだという顔をした。□□さんがねえ……。えッ？　と私は眉をあげた。それは、例の友人の名で、彼に私は彼女とその恋人とを殴って貰おうとおもったことは前述のごとくで、彼女の唇にその友人の名が出ることは、私に咄嗟に不吉な予感を与えた。あいつ奴、私に黙って、喜美子を嚇《おど》しに行ったのではあるまいか。私に頼まれてとでも言い、そして金銭でも強請《ゆす》ったんではないか。それを言い出すのかもしれないと思うと、私は彼女の口をふさごうとして、咳払いなどし、ビールの追加を頼んだ。彼女が席を立つと、私はやれやれと息をついて、その後姿を可哀そうに少し痩せたなと見ていたが、彼女はビールと共に話の続きを持ってきたので、今は私は観念した。
□□さんたら、この間べレべレに酔払ってお店に来たのよ。――ふん。――あたしのいるのを知って来たの、いやな奴。
すなわち私もいやな奴になるので、聞えない振りをし、一人で来たのかいと言った。いいえ、あんな文無しが一人で来れるものですか――文無し？――ええ、文無しのルンペンよ、お友達にたかっては、ここへ来るの。――ちょくちょく来るのか。――この間中、毎日来たわ。――ほう。――それというのが、訳があるの。私は、例の脅迫でもここで出てくるかなと首を縮めると、おかみさんに逃げられたんですッてさ。――えッ？――マネキンをやっていたんだけど、とうとう愛想をつかして……。

いや全く、私は驚いた。私は彼の妻には、私が池上本門寺の家に彼を訪ねた時以来、今日まで一遍も会ってないから、あの時のおとなしい印象がそのままで、愛想をつかすもなにも、てんで意志など持ってない植物のような女だったのに……。あの女がねエ、ほう、そうかねえ。――知ってるの。――ああ、一遍だけ会った。――あの人に会ってくれと言うの。――会ってくれ？　誰が。――□□ッたら（「さん」はもう省かれた。）あたしに、そのおかみさんに会ってくれというの、それを言いに、お店へ来るのよ、困っちゃうわ。――会ってどうするんだ。――会って諫めてくれと言うのよ、世帯を崩した奴は幸福になぞ成れるものじゃない、一遍夫婦別れしたら、女は次から次へと同じことを繰りかえして、だんだん不幸になって行く一方、御覧なさい、あたしがその証拠です、そう言えッてきかないの。

なんてあつかましい野郎だ。私は憤怒と、それに酔いで、頭がカッカとした。しかし、見ると、相手の喜美子は私ほど憤慨していない風であった。

あんないやな男は女房に逃げられるのが当り前だ。あんな男に取りつかれている女は不幸だ。あの男のことだから、ぶったり蹴ったり、それこそ大変であろうが、男に一体そんな権利があるのか。そんな意味のことを私は言い、中途で舌が固くなり唇が動かなくなった。私の女房別れの時も、彼はきっとこれと同じことを考え、言ったに違いないと、気が付いたのである。

今夜あたり、またここへ来るんじゃないか。——ええ、来そうね。私は、これは堪らぬ、帰ろうと思い、ふと戸外に耳をやると、どうやら外は雨らしい。パラ、パラッと軒を打つ雨の音が室内のわんわんという喧騒にもかかわらず、私の耳に滲み通って行くのである。

椎《しい》の若葉《わかば》

*――新聞沙汰になった暴行事件を語る男の心境

葛西善蔵《かさいぜんぞう》

　六月半ば、梅雨晴《つゆば》れの午前の光りを浴びている椎《しい》の若葉の趣を、ありがたくしみじみと眺めやった。鎌倉行き、売る、売り物――三題話し見たようなこの頃の生活ぶりの間に、ふと、下宿の二階の窓から、他家のお屋敷の庭の椎の木なんだが実に美しく生々した感じの、光りを求め、光りを浴び、光りに戯れているような若葉のおもむきは、自分の身の、殊《こと》にこのごろの弱りかけ間違いだらけの生き方と較べて何と云う相違だろう。人間というものは、人間生活というものは、もっと美しくある道理なんだと自分は信じているし、それには違いないんだから、今更に、草木の美しさを羨むなんて、余程自分の生活に、自分の心持ちに不自然な醜さがあるのだと、この朝つくづくと身に沁みて考えられた。

おせいの親父と義兄《にい》さんが見えて、おせいを引張って帰って行ったのは、たしか五月の三十日だと思う。その時も、大変なんでしたよ。僕にはもともと掠奪《りゃくだつ》の心はないんだ。人情としての不憫《ふびん》さはあるつもりなんだが、おせいをどうしてみたところで僕の誇りとなる筈はない。それくらいのことは、自分も最早四十近い年だ、いくらか世の中の塩をなめて来ているつもりだから、それほど間違った考えは持っておらないつもりである。

本能というものの前には、ひとたまりもないのだと云われれば、それまでのことなんだが、どうにかなりはしないものだろうか。本能が人間を間違わすものなら、また人間を救ってくれる筈だと思う。椎の若葉に光りあれ、我が心にも光りあらしめよ。

十二日に鎌倉へ行って来ました。十三日は父の命日、来月の十三日は三周忌、鎌倉行きのことが新聞に出たのは十三日なのです。十二日の晩たしか九時いくらの汽車で鎌倉駅を発《た》って来たらしいのですが、鎌倉署の部長さんだと思う、名刺には巡査飯田栄安氏とありますが、この方に発車まで見送られ、どうしたか往復の切符の復《かえ》りをなくし、またお金もなくし、飯田さんに汽車賃を借りて乗って来たような訳なんだが、本郷の下宿へ帰ったのは多分十一時過ぎになっていたろうと思う。すると、電話が掛って来た。下宿の女中さんなどは無論寝ていたんだが、電話に出て、読売からだと取次いでくれた。滅多に読売新聞社なんかから電話があることはないんだが、どうしたのかと思って電話に出てみると、僕が鎌倉のおせいの家で散々乱暴を働き、仲裁に入った男の睾丸《こうがん》を蹴上げて気絶さしたとか、云々の通信なんだがそれに間違いはありませんか、一応お訊ねする次第です――と云ったような話を聞き、ひどく狼狽した訳です。こうなっては弁解したところで仕方がないのだ。何分穏便のお取計らいを願いたい、こう云って電話を切ったような訳でしたが、その翌朝の十三日は親父の命日の日だ。兎に角余程親父には気に入らないと見えて、とかく親父の日にお灸を据えられる。僕はどこまでも小説のつもりで話しているのだから、いろいろ本当の名前を挙げては悪いのだが、僕は自己小説家だから云いますが、読売新聞社がその晩に電話を掛けてくれて、翌朝の新聞に何行かの僕の釈明を載せてくれたことは非常にありがたく思う。何年か前、やはり鎌倉で、僕の総領の失策から、新聞に書かれたことがあって弱ったことがあるが、あの時の鎌倉の署長さんは、たしか吉田さんと云ったと思うが、僕としては精一杯お詫びをした筈であり、子供は尋常六年生だったが、もうあと半月そこそこで卒業になる場合だから、鎌倉へ置いて悪いと云うならば、あしたにも郷里へ帰す、どんな責任でも帯びるから、いろいろな書類の手続きだけは勘弁して下さいと、男泣きに泣いて涙を流してお願いした筈だったのだが、どうもお役所と云うものは、我々の考えているようなわけにはゆかないものらしく、何もわけの分らない十三歳の男の子に、拇印《ぼいん》を押させ――そんな子の拇印なぞが、それほど役所には大事なものか知ら。が、それは余談だが、それで雑誌「改造」に「不良児」という、それこそは事実の記録なんですが、それを書き、その上に神奈川県の警務部長さんか、そう云った方に対して新聞で公開状を書き、県の取締方針についてお伺いしたいと考えたのだったが、それでどうしても諒解《りょうかい》を得られないのなら自分等としての立場はない。現代の生活苦ばかしを救ってくれ、またその方針で保護されることは有難くもあり、我々が安んじて君国の人民であり……それと同時に人間の本能として避けがたい親子夫婦、いろいろな場合の人情苦に対しても、やはり親切な保護者でありたいと思うのは、我々としての余りに虫の好すぎた註文だろうか。その後すぐ、吉田署長さんは、たしか県の刑事部長か何かに栄転なされたので、吉田さんに僕が公開状を書く機会を逸してしまって、未だに残念に思っている。僕もその当時は逆上《のぼ》せましたから、吉田署長さんの返事次第では、自分も何とか自分の身を処決したいと思ったくらいだが、人に恨みがある筈がない。皆、皆我が身の至らぬのに違いないのだ。

十二日朝七時いくらの汽車で鎌倉行きの往復切符を買って乗り込んだ。前の晩実は、全然の責任を負ってくれて僕とおせいの一族との中に這入ってくれてる中村氏を駒込に夜遅く訪ねたのだが、奥さんだけにお目にかかり、それとなく事情の切迫していることを訴え、その翌朝なんです。お金も八九円しか無かったことであり、どうしようかと躊躇はしたんだが、だんだんと事情が迫っては来る、一応――三四日しておせいはまた下宿に逃げて来たのだ――で彼女の言い分も確めたいと思い、震災以来一度も行ったこともないんだから、一通りの様子を見て来たいと思って行った訳なんだが、それが飛んでもないことになった。小説というものにするんだとこんな程度のものでは面白くも可笑《おか》しくもないんだが、自伝小説の一節としては僕はやはり記録しておきたい。

名刺をどうかして無くしてしまったのは残念だ。着なれない洋服なんか着て行ったので、どこのポケットへ入れて無くしてしまったのか、そんなことで復《かえ》りの切符もなくしたんだ。が、たしか新潟県の方の小学校の先生だったと思う。あちらさんも洋服を着て、いくらか旧式な昔流の鞄をお持ちになっていたが、学術視察にお出でになられたんだそうで、それで鎌倉見物のことを車中で相談をかけられ、鎌倉駅を下りて、僕は僕の名刺の裏に、八幡宮、大塔宮、引返して駅前から電車で大仏、観音、それだけで三時間くらいはかかるだろうと思うから、江の島へ廻っては余程急いでも夕方になるでしょうと思いますから、そう云う順序になさってはいかがですかと、簡単な地図を書き、将軍道の並木の前の所で別れ、それから、おせいの家で震災後駅前に始めた飲食店をそれとなく見たいと思い、路地を曲ったところ、悪いことは出来ないもので、建長寺におった時分、酒を続けていてくれた内田屋の御大《おんたい》に会い、では、おせいのお袋さんだけに会いたいと思ったんだ。つまりおせいは、そのバラック飲食店で姉といっしょに、ゴロツキのような客相手に酌婦《しゃくふ》めいたことをするのは厭だと云って逃げて来たような訳なんだ。それにまた、実は、鎌倉行きは単純な鎌倉行きではなかったんです。辻堂の中村さんをお訪ねして、本の方のことで御相談を得たいと思い、鎌倉駅で下りると同時に辻堂行きの切符を買った訳なんである。久し振りで、本当に震災後初めて十ケ月振りで鎌倉の駅を見、あの松、あの将軍道の桜並木を見て、実に愉快でもあり、やはり都会の空気とは違った新しさ、海からの風、六年間居馴染《いなじ》んだ空気、風情《ふぜい》の懐しさに、酒を飲まなくったって酔ったような気分にならずにいられなかった。何ともしようがないことじゃないか。僕は喧嘩するつもりはないんだし、また喧嘩を吹かけられるほどの弱味のない人間なんだから喧嘩がはじまる訳はないんだ。ところでね、やはりそのおせいのお袋さんや姉さんのおとめさんのやってるバラック飲食店へ寄ることになったんだ。仲々よく出来てるバラックだ。僕の思っていたより立派なバラック飲食店で、硝子の戸を開けてはいると、カフェーらしく椅子、テーブルの土間もあり、座敷には茶湯台《ちゃぶだい》も備わっており、居間というか茶の間というか、そちらには長火鉢も置いてあり、浅見と朱で書いた葛籠《つづら》も備わっているような訳で、いろいろよく出来ていると思って感心したくらいなんだから、乱暴なぞ働こうなんかの心持ちはないんだ。お袋さんと話しておるうちに、おせいの家の本家の若旦那の喜平さんが見え、そうしているうちに、向うを代表して中へ這入ってくれている小池さん――「蠢《うごめ》くもの」――の中に出て来ている人事相談のお方なんだ。僕には大事な人だ。だから、お袋さんと話し、喜平さんと一二杯お酒も飲み合い、喜平さんの仙台二高時代の話なぞもきいた、それからなんだ。一通りの話がすんだもんだから、小池さんにちょっと外へ出て貰って、駅前の葭簾《よしずば》張りの下のベンチで、よくよく懇談をした筈だ。そこですんだもんだから、僕は朝飯も食ってないんだ、前の洋食屋へはいって御飯を食べたいから、サイダーでも飲んでおつき合いくださらんかと云ったところ、やはりおせいのお母さんの家の方がいいでしょうと云われたんで、それもそうかと思い、ものの話しがすみ、道理のわけが分りさえすれば曇りかかりのあるお互いじゃないんだから、そこで僕もいくらか安心が出来たのです。

だが、まだまだ酔払っている時刻ではないのです。それから駅のちょっと顔馴染の車屋さんの俥《くるま》に乗って建長寺の方へ出掛けたんだ。久し振りで八幡さまの横を通り、あの小袋坂を登り、越え、下った時の気持は僕としては悪い気持ではなかった。勘当《かんどう》を受けた男がそれとなく内々で勘当を許され、久し振りで我家の門をはいるような気持でもあったんだ。やはりあの辺の景色はいい。いつも変らぬ杉並木の風情も立派だ。震災で崩れなかった山門を見たとき、これは崩れる山門じゃない――そんなような気さえされて、建長興国の思いにとざされました。

僕が足掛六年もいた宝珠院、震災時分命からがらで飛出した宝珠院も、本堂一つ残ったきり、何もかも無くなっている。崖の崩れ、埋れた池——何という侘びしさかな。本堂の仏殿の前に立って、礼拝をしたが、腹の底から瞼の熱くなる気がした。天源院の渡邊さんを訪ねたところ、お互いにやれやれと云った気持で、自分は寺の妙高院に案内され、先住老僧のお写真を拝み、おばさんともお会いして、何と云う嬉しい日だったでしょう、そう云って渡邊さんのバラック妙高で大変愉快に御馳走になっていたところへどう云った拍子でおせいの親父がはいって来たもんでしょう。おせいの親父には借金も残っておるし、おせいの姉のおとめさんからも金を借りて、それがみんな証書になっておる訳なんだが、さりとて、僕としてはそれほど弱く出なければならない理由もないように思っているんだ。いろいろと両方に言い分もあり、事件というものはこんがらかって来ると、結ばれた糸をほぐすような根気と誠実さがなければ駄目なんだ。彼等の言い分は重々尤《もっと》もであると思うが、また我輩善蔵君としても、震災以来のナンについてはやはり遺憾に思っているんだ。つまりおせい君はその間に挾《はさ》まってどう身動きも出来ないような状態なんじゃないかな。僕はおせいを悪い性質のおなごだとは考えていない。しかし何分にも周囲が悪いというような気がされて仕方がない。こんなことを云うと、向うの一族でも憤慨する人が沢山ありそうには思うが、僕の感じだから仕方がないんだ。

おせいの親父さんとそこで何んのことを云い合ったのか、ちょっと僕にははっきりしたことは云えないのだが、渡邊さんが呼びに行ってくれたのかな、そんな筈がないと思うんだが、それならばおせいのじいさんが話を聞いて押掛けて来たのだろうと思う。僕には愉快な道理はない。その前に朝のうちにおせいの義兄の小池さんという人と会って、一通りのことは話を決めていたわけなのですから。大体おせいの親父招寿軒浅見安太郎さんは、渡邊さんの先住老僧があの老年で、あの震災当時おばさんと一緒に潰され、幸《さいわい》にお怪我もなくて出て、僕もそうだったんだが、どこを頼ることもできず、僕の厄介になっておる招寿軒だからと思って、老僧おばさんのことをお願いしたとき招寿軒主人、またおばあさん――おせいのお母さんなぞも、それだけの義理を尽してくれたとはどうにも考えられない。そういういろいろの心持で招寿軒のじじい、宝珠のばあさん、現住謙栄師――いろいろな思いで酒を飲んだのでは面白くない。渡邊さんに対して随分迷惑したと思ってそんなことまで考えると味気ない気がして来る。僕はお金も欲しくはなかったのだが、そんないろいろな気分から渡邊さんに汽車賃十円貸してくれと云って申込んで、たしかに一時自分の財布に入れたと思うが、そんな法があるべきじゃないんだからやはりお返ししたように思う。それからだ。かなり酔払って来たんだろうから、帰りにまたそのバラック飲食店に寄りたくなったのか、寄るという馬鹿はないんだ。それほど信用してないものならば、信用しない人間のところへ寄るなんていうことは間違いのもとであることで褒めた話ではない。そこをのんべという奴は仕方がないもんでして、酔ったと見えるんですな。僕はどの程度の乱暴をしたか、それは知らないんだが、大体としては私は、手を以て人を打ち、人の器物を破壊し、人の体に怪我をさせるということは大変好かない。いかなる場合に於てもそれは好かない。そんなことを云うと随分笑う人もあるだろうけれど、我輩の手は呪われた手なんだ。「呪われた手」という小品を書いたこともあるが、我輩の娘、いまは十四になるが、七八年前僕等がもっと貧乏な時代、郷里で親父どもの世話になっておった時分だったものだから義理ある母の手前、不憫ではあったが、娘の頬ぺたを打った。打って親父の家を出て、往来の白日の前に立って見て、涙を止めることが出来なかった。打つまじきものを打った、この手に呪いあれ、呪われた手であるという心持から「呪われた手」というのを書いて二度三度これを繰返してはならない、そう思って来ているわけなのですが、いつも酔払っては喧嘩ばかししておるということになっておって、それもこれも皆心の至らぬ故に違いない。

世間のことはいろいろとむつかしく出来ているものらしく、僕達には分らないことが多い。自分を本当に信じていてくれるおんな、男なんて、この世間に幾人いるんだろうか。せい公もどれくらいまでに僕を信じていてくれて、僕のところに居りたいと云っておるのか、僕にはどうにも分りかねる。おんなというものの正体が、僕にはかなり分っていないらしい。そこやこれやとは話しがとんちんかんになるようで、ひどく気がひけるんだが、いろいろのことから、女房子供の所へ帰って行くほか道がないような状態になった。この下宿西城館の厚意というものは大変なんだけれど、いつまでもその厚意を受けていられないほど、わたしの与太は過ぎたらしい。われわれは自分の過失についてどの程度までに責任を背負っていいか、人間の過失というものは、やはりむつかしい入組んだ事情から醸《かも》されて来ておることが多いんじゃないか。妻子縁類のこと、おんなのこと、思いつめて行くとどうにもならないところにいつでも打突《ぶっ》かって行く。昔ならば坊主になって、何《な》にも彼《か》にも三十八年間の罪業過失の懺悔をしたいところであるんだが、——この間演伎座で中車《ちゅうしゃ》の錨知盛《いかりとももり》を見たが、弁慶が出て来て知盛の首に数珠《じゅず》を投げかけたところ、知盛憤然として、四姓始まって以来、討てば討ち、討たるればまた討ち返す、これが源氏平家の家憲であった。だから坊主になれなぞとは失敬な！　というような意味のことを云って錨綱を体に巻いて海にはいったようなところは、やはり僕は日本人の伝習感情として、どうにもしようがないものらしい。それと僕の心持などは、較べているようなことは無論思いはしないんだが、真面目に考えたところで、どうしたらばいいんだろう。すべては、人生は、生活は、こう云うものだと思い諦めて、頭のよくなることを考え、悧巧《りこう》になることの工夫をし、それで気がすめば大変いいことだとは思うが、僕にはどうにもまだそこまで悟りが出来ていない。二三の友人は持っておるつもりだが、僕にはやはり何よりも女房は親密であり、また女房の方でも僕のことを心配していてくれてるような気もするんだが、それもやはり世の中のうつけた考えなのかも知れない。しかし、そう云っては女房は可哀そうだな。おさんは不憫だとかいうような文句を大阪の文楽座できいてどうにも涙が出て仕方がなかったことがあるが——

ぽつねんと机の前に坐り、あれやこれやと考えて、思いのふさぐ時、自分を慰めてくれ、思いを引立ててくれるものは、ザラな顔見知合いの人間よりか、窓の外の樹木——殊にこのごろの椎の木の日を浴び、光りに戯れているような若葉ほど、自分の胸に安らかさと力を与えてくれるものはない。鎌倉行き、売る、売り物、三題話のような各々の生活——土地を売った以上は郷里の妻子のところに帰るほかない。人間墳墓の地を忘れてはならない。椎の若葉に光りあれ、僕はどこに光りと熱とを求めてさまようべきなんだろうか。我輩の葉は最早朽ちかけているのだが、親愛なる椎の若葉よ、君の光りの幾部分かを僕に恵め。

秋深き

織田作之助

＊――四六時中喧嘩をしている夫婦との出会い

医者に診せると、やはり肺がわるいと言った。転地した方がよかろうということだった。温泉へ行くことにした。

汽車の時間を勘ちがいしたらしく、真夜なかに着いた。駅に降り立つと、くろぐろとした山の肌が突然眼の前に迫った。夜更けの音がそのあたりにうずくまっているようだった。妙な時刻に着いたものだと、しょんぼり佇んでいると、カンテラを振りまわしながら眠ったく駅の名をよんでいた駅員が、いきなり私の手から切符をひったくった。

乗って来た汽車をやり過してから、線路を越え、誰もいない改札口を出た。青いシェードを掛けた電球がひとつ、改札口の柵を暗く照らしていた。薄よごれたなにかのポスターの絵がふと眼にはいり、にわかに夜の更けた感じだった。

駅をでると、いきなり暗闇につつまれた。

提灯が物影から飛び出して来た。温泉へ来たのかという意味のことを訊かれたので、そうだと答えると、もういっぺんお辞儀をして、

「お疲れさんで……」

温泉宿の客引きだった。頭髪が固そうに、胡麻塩である。

こうして客引きが出迎えているところを見ると、こんな夜更けに着く客もあるわけかとなにかほっとした。それにしても、この客引きのいる宿屋は随分さびれて、今夜もあぶれていたに違いあるまいと思った。あとでこの温泉には宿屋はたった一軒しかないことを知った。

右肩下りの背中のあとについて、谷ぞいの小径を歩きだした。

しかし、ものの二十間も行かぬうちに、案内すると見せかけた客引きは、押していた自転車に飛び乗って、

「失礼しやして、お先にやらしていただきやんす。お部屋の用意をしてお待ち申しておりやんすによって、どうぞごゆるりお越し下されやんせッ」

あっという間に、闇の中へ走りだしてしまった。

私はことの意外におどろいた。

「あ、ちょっと……。宿はどこですか。どの道を行くんですか。ここ真っ直ぐ行けばいいんですか。宿はすぐ分りますか」

「へえ、へえ、すぐわかりますでやんす。真っ直ぐお出でになって、橋を渡って下されやんしたら、灯が見えますすでござりやんす」

客引きは振り向いて言った。自転車につけた提灯のあかりがはげしく揺れ、そして急に小さくなってしまった。

暗がりのなかへひとり取り残されて、私はひどく心細くなった。汽車の時間を勘ちがいして、そんな真夜なかに着いたことといい、客引きの腑に落ちかねる振舞いといい、妙に勝手の違う感じがじりじりと来て、頭のなかが痒ゆくなった。夜の底がじーんと沈んで行くようであった。煙草に火をつけながら、歩いた。けむりにむせて咳が出た。立ち止まってその音をしばらくきいていた。また歩きだして、二町ばかり行くと、急に川音が大きくなって、橋のたもとまで来た。そこで道は二つに岐《わか》れていた。言われた通り橋を渡ってしばらく行くと、宿屋の灯がぽつりと見えた。風がそのあたりを吹いて渡り、遠いながめだった。

ふと、湯気のにおいが漂うて来た。光っていた木犀《もくせい》の香が消された。

風通しの良い部屋をと言うと、二階の薄汚い六畳へ通された。先に立った女中が襖をひらいた途端、隣室の話し声がぴたりとやんだ。

女中と入れかわって、番頭が宿帳をもって来た。書き終ってふと前の頁を見ると、小谷治　二十九歳。妻糸子　三十四歳――という字がぼんやり眼にはいった。数字だけがはっきり頭に来た。女の方が年上だなと思いながら、宿帳を番頭にかえした。

「蜘蛛がいるね」

「へえ？」

番頭は見上げて、いますねと気のない声で言った。そしてべつだん捕えようとも、追おうともせず、お休みと出て行った。

私はぽつねんと坐って、蜘蛛の足音をきいた。それは、隣室との境の襖の上を歩く、さらさらとした音だった。太長い足であった。

寝ることになったが、その前に雨戸をあけねばならぬ、と思った。風通しの良い部屋とはどこをもってそう言うのか、四方閉め切ったその部屋のどこにも風の通う隙間はなく、湿っぽい空気が重く澱んでいた。私は大気療法をしろと言った医者の言葉を想いだし、胸の肉の下がにわかにチクチク痛んで来た、と思った。

まず廊下に面した障子をあけた。それから廊下に出て、雨戸をあけようとした。しばらくがたがたやってみたが、重かった。雨戸は何枚か続いていて、端の方から順おくりに繰っていかねば駄目だと、判った。そのためには隣りの部屋の前に立つ必要がある。私はしばらく躊躇ったが、背に腹は代えられぬと、大股で廊下を伝った。そして、がたがたやっていると、腕を使いすぎたので、はげしく咳ばらいが出た。その音のしずまって行くのを情けなくきいていると、部屋のなかから咳ばらいの音がきこえた。私はあわてて自分の部屋に戻った。

咳というものは伝染するものか、それとも私をたしなめるための咳ばらいだったのかなと考えながら、雨戸を諦めて寝ることにした。がらんとした部屋の真中にぽつりと敷かれた秋の夜の旅の蒲団というものは、随分わびしいものである。私はうつろな気持で寝巻と着かえて、しょんぼり蒲団にもぐりこんだ。とたんに黴くさい匂いがぷんと漂うて、思いがけぬ旅情が胸のなかを走った。

じっと横たわっていると、何か不安定な気がして来た。考えてみると、どうも枕元と襖の間が広すぎるようだった。ふだん枕元に、スタンドや灰皿や紅茶茶碗や書物、原稿用紙などをごてごてと一杯散らかして、本箱や机や火鉢などに取りかこまれた蒲団のなかに寝る癖のある私には、そのがらんとした枕元の感じが、さびしくてならなかった。にわかに孤独が来た。

旅行鞄からポケット鏡を取り出して、顔を覗いた。孤独な時の癖である。舌をだしてみたり、眼をむいてみたり、にきびをつぶしたりしていた。蒲団の中からだらんと首をつきだしたじじむさい恰好で、永いことそうやっていると、ふと異様な影が鏡を横切った。蜘蛛だった。私はぎょっとした自分の顔を見た。そして思わず襖を見た。とたんに蜘蛛はぴたりと停って、襖に落した影を吸いながら、じっと息を凝らしていた。私はしばらく襖から眼をはなさなかった。なんとなく宿帳を想い出した。

いよいよ眠ることにして、灯を消した。そして、じっと眼をつむっていると、カシオペヤ星座が暗がりに泛び上って来た。私は空を想った。降るような星空を想った。清浄な空気に渇えた。部屋のどこからも空気の洩れるところがないということが、ますます息苦しく胸をしめつけた。明けはなたれた窓にあこがれた。いきなりシリウス星がきらめいた。私ははっと眼をあけた。蜘蛛の眼がキラキラ閃光を放って、じっとこちらを見ているように思った。夜なかに咳が出て閉口した。

翌朝眼がさめると、白い川の眺めがいきなり眼の前に展《ひら》けていた。いつの間にか雨戸は明けはなたれていて、部屋のなかが急に軽い。山の朝の空気だ。それをがつがつと齧《かじ》ると、ほんとうに胸が清々した。ほっとしたが、同時に夜が心配になりだした。夜になれば、また雨戸が閉って、あの重く濁った空気を一晩中吸わねばならぬのかと思うと、痩せた胸のあたりがなんとなく心細い。たまらなかった。

夜雨戸を閉めるのはいずれ女中の役目だろう故、まえもってその旨女中にいいつけておけば済むというものの、しかしもう晩秋だというのに、雨戸をあけて寝るなぞ想えば変な工合である。宿の方でも不要心だと思うにちがいない。それを押して、病気だからと事情をのべて頼みこむ、――まずもって私のような気の弱い者には出来ぬことだ。それに、ほかの病気なら知らず、肺がわるいと知られるのは大変辛い。

もうひとつ、私の部屋の雨戸をあけるとすれば、当然隣りの部屋もそうしなくてはならない。それ故、一応隣室《となり》の諒解を求める必要がある。けれど、隣室の人たちはたぶん雨戸をあけるのを好まないだろう。

すっかり心が重くなってしまった。

夕暮近く湯殿へ行った。うまい工合に誰もいなかった。小柄で、痩せて、貧弱な裸を誰にも見られずに済んだと、うれしかった。湯槽に浸ると、びっくりするほど冷たかった。その温泉は鉱泉を温める仕掛けになっているのだが、たぶん風呂番が火をいれるのをうっかりしているのか、それとも誰かが水をうめすぎたのであろう。けれど、気の弱い私は宿の者にその旨申し出ることもできず、辛抱して、なるべく温味《ぬくみ》の多そうな隅の方にちぢこまって、ぶるぶる顫えていると、若い男がはいって来た。はればったい瞼をした眼を細めて、こちらを見た。近視らしかった。

湯槽にタオルを浸けて、

「えらい温《ぬ》るそうでんな」

馴々しく言った。

「ええ、とても……」

「……温るおまっか。さよか」

そう言いながら、男はどぶんと浸ったが、いきなりでかい声で、

「あ、こら水みたいや。無茶しよる。水風呂やがな。こんなとこイはいって寒雀《かんすずめ》みたいに行水してたら、風邪ひいてしまうわ」そして私の方へ「あんた、よう辛抱したはりまんな。えらい人やなあ」

曖昧に苦笑してると、男はまるで羽搏《はばた》くような恰好に、しきりに両手をうしろへ泳がせながら、

「失礼でっけど、あんた昨夜《ゆうべ》おそうにお着きにならはった方と違いまっか」

と、訊いた。

「はあ、そうです」

何故か、私は赤くなった。

「やっぱり、そうでっか。どうも、そやないか思てましてん。なんや、戸ががたがた言《ゆ》わ

したはりましたな。ぼく隣りの部屋にいまんねん。退屈でっしゃろ。ちと遊びに来とくなはれ」

してみると、昨夜の咳ばらいはこの男だったのかと、私はにわかに居たたまれぬ気がして、早々に湯を出てしまった。そして、お先きにと、湯殿の戸をあけた途端、化物のように背の高い女が脱衣場で着物を脱ぎながら、片一方の眼でじろりと私を見つめた。

私は無我夢中に着物を着た。そして気がつくと、女の眼はなおもじっと動かなかった。もう一方の眼はあらぬ方に向けられていた。斜視だなと思った。とすれば、ひょっとすると、女の眼は案外私を見ていないのかもしれない。けれどともかく私は見られている。

私は妙な気持になって、部屋に戻った。

なんだか急に薄暗くなった部屋のなかで、浮かぬ顔をしてぼんやり坐っていると、隣りの人たちが湯殿から帰って来たらしい気配がした。

男は口笛を吹いていたが、不意に襖ごしに声をかけて来た。

「どないだ（す）？　退屈でっしゃろ。飯が来るまで、遊びに来やはれしまへんか」

「はあ、ありがとう」

咽喉にひっ掛った返事をした。二、三度咳ばらいして、そのまま坐っていた。なんだかこの夫婦者の前へ出むく気がしなかったのである。

「お出《い》なはれな」

再び声が来た。

すると、もう私は断り切れず、雨戸のことで諒解を求める良い機会でもあると思い、立って襖をあけた。

その拍子に、粗末な鏡台が眼にはいった。背中を向けて化粧している女の顔がうつっていた。案の定脱衣場で見た顔だった。白粉の下に生気のない皮膚がたるんでいると、一眼にわかった。いきなり宿帳の「三十四歳」を想い出した。それより若くは見えなかった。

女はどうぞとこちらを向いて、宿の丹前《たんぜん》の膝をかき合わせた。乾燥した窮屈な姿勢だった。座っていても、いやになるほど大柄だとわかった。男の方がずっと小柄で、ずっと若く見え、湯殿のときとちがって黒縁のロイド眼鏡を掛けているため、一層こぢんまりした感じが出ていた。顔の造作も貧弱だったが、唇だけが不自然に大きかった。これは女も同じだった。女の唇はおまけに著しく歪んでいた。それに、女の斜眼《やぶにらみ》は面と向ってみると、相当ひどく、相手の眼を見ながら、物を言う癖のある私は、間誤《まご》つかざるを得なかった。

しばらく取りとめない雑談をした末、私は機を求めて、雨戸のことを申し出た。だしぬけの、奇妙な申し出だった故、二人は、いえ、構いません、どうぞおあけになって下さいと言ったものの、変な顔をした。もう病気のことを隠すわけにはいかなかった。

「……実は病気をしておりますので。空気の流通をよくしなければいけないんです」

すると、女の顔に思いがけぬ生気がうかんだ。

「やっぱり御病気でしたの。そやないかと思てましたわ。――ここですか」

女は自身の胸を突いた。なぜだか、いそいそと嬉しそうであった。

「ええ」

「とても痩せてはりますもの。それに、肩のとこなんか、やるせないくらい、ほっそりしてなさるもの。さっきお湯で見たとき、すぐ胸がお悪いねんやなあと思いましたわ」

そんなに仔細に観察されていたのかと、私は腋の下が冷たくなった。

女はしばらく私を見凝《みつ》めるともなく、想いにふけるともなく捕えがたい視線をじっと釘づけにしていたが、やがていきなり歪んだ唇を痙攣させたかと思うと、

「私の従兄弟がちょうどお宅みたいなからだ恰好でしたけど、やっぱり肺でしたの」

膝を撫でながらいった。途端に、どういうものか男の顔に動揺の色が走った。そして、ひきつるような苦痛の皺があとに残ったので、びっくりして男の顔を見ていると、男はきっとした眼で私をにらみつけた。

しかし、彼はすぐもとの、鈍重な、人の善さそうな顔になり、

「肺やったら、石油を飲みなはれ。石油を……」

意外なことを言いだした。

「えッ？」

と、訊きかえすと、

「あんた、知りはれしまへんのんか。肺病に石油がよう効くということは、今日《きょう》び誰でも知ってることでんがな」

「初耳ですね」

「さよか。それやったら、よけい教え甲斐がおますわ」

肺病を苦にして自殺をしようと思い、石油を飲んだところ、かえって病気が癒《なお》った、というような実話を例に出して、男はくどくどと石油の卓効について喋った。

「そんな話迷信やわ」

いきなり女が口をはさんだ。斬り落すような調子だった。

風が雨戸を敲《たた》いた。

男は分厚い唇にたまった泡を、素早く手の甲で拭きとった。少しよだれが落ちた。

「なにが迷信や。迷信や思う方がどだい無智や。ちゃんと実例が証明してるやないか」

そして私の方に向って、

「なあ、そうでっしゃろ。違いまっか。どない思いはります？」

気がつくと、前歯が一枚抜けているせいか、早口になると彼の言葉はひどく湿り気を帯びた。

「………」

私は言うべきことがなかった。すると、もう男はまるで喧嘩腰になった。

「あんたも迷信や思いはりまっか、そら、そうでっしゃろ。なんせ、あんたは学がおまっさかいな。しかし、僕かて石油がなんぜ肺にきくかちゅうことの科学的根拠ぐらいは知ってまっせ。と、いうのは外やおまへん。ろくろ首いうもんおまっしゃろ。あの、ろくろ首はでんな、なにもお化けでもなんでもあらへんのでっせ。だいたい、このろくろ首いうもんは、苦界に沈められている女から始まったことで、なんせ昔は雇主が強欲で、ろくろく女子《おなご》に物を食べさしよれへん。虐待しよった。そこで女子は栄養がとれんで困る。そこへもって来て、勤めがえらい。蒼い顔して痩せおとろえてふらふらになりよる。まるでお化けみたいになりよる。それが、夜なかに人の寝静まった頃に蒲団から這いだして行燈の油を嘗めよる。それを、客が見て、ろくろ首や思いよったんや。それも無理のないとこや。なんせ、痩せおとろえひょろひょろの細い首しとるとこへもって来て、大きな髪を結うとりまっしゃろ。寝ぼけた眼で下から見たら、首がするする伸びてるように思うやおまへんか。ところで、なんぜ油を嘗めよったかと言うと、いまもいう節で、虐待されとるから油でも嘗めんことには栄養の取り様《よ》がない。まあ、言うたら、止むに止まれん栄養上の必要や。それに普通の冷たやつやったら嘗めにくいけど行燈の奴は火イで温くめたアるによって、嘗めやすい。と、まあ、こんなわけだす。いまでも、栄養不良の者《もん》は肝油たらいうてやっぱり油飲むやおまへんか。それ考えたら、石油が肺に効くいうたことぐらいは、ちゃんと分りまっしゃないか。なにが迷信や、阿呆らしい」

女はさげすむような顔を男に向けた。

私は早々に切りあげて、部屋に戻った。

やがて、隣りから口論しているらしい気配が洩れて来た。しばらくすると、女の泣き声がきこえた。男はぶつぶつした声でなだめていた。しまいには男も半泣きの声になった。女はヒステリックになにごとか叫んでいた。

夕闇が私の部屋に流れ込んで来た。いきなり男の歌声がした。他愛もない流行歌だった。下手糞なので、あきれていると、女の歌声もまじり出した。私はますますあきれた。そこへ夕飯がはこばれて来た。

電燈をつけて、給仕なしの夕飯をぽつねんと食べていると、ふと昨夜の蜘蛛が眼にはいった。今日も同じ襖の上に蠢《うごめ》いているのだった。

翌朝、散歩していると、いきなり背後《うしろ》から呼びとめられた。

振り向くと隣室《となり》の女がひとりで大股にやって来るのだった。近づいた途端、妙に熱っぽい体臭がぷんと匂った。

「お散歩ですの？」

女はひそめた声で訊いた。そして私の返事を待たず、

「御一緒に歩けしません？」

迷惑に思ったが、まさか断るわけにはいかなかった。

並んで歩きだすと、女は、あの男をどう思うかといきなり訊ねた。

「どう思うって、べつに……。そんなことは……」

答えようもなかったし、また、答えたくもなかった。自分の恋人や、夫についての感想をひとに求める女ほど、私にとってきらいなものはまたと無いのである。露骨にいやな顔をしてみせた。

女はすかされたように、立ち止まってしばらく空を見ていたが、やがてまた歩きだした。

「貴方《おうち》のような鋭い方は、あの人の欠点くらいすぐ見抜ける筈でっけど……」

　どこを以って鋭いというのかと、あきれていると、女は続けて、さまざま男の欠点をあげた。

「……教養なんか、ちょっともあれしませんの。これが私の夫ですというて、ひとに紹介も出来《でけ》しませんわ。字ひとつ書かしても、そらもう情けないくらいですわ。ちょっとも知性が感じられしませんの。ほんまに、男の方て、筆蹟をみたらいっぺんにその人がわかりますのねえ」

　私はむかむかッとして来た、筆蹟くらいで、人間の値打ちがわかってたまるものか、近頃の女はなぜこんな風に、なにかと言えば教養だとか、筆蹟だとか、知性だとか、月並みな符号を使って人を批評したがるのかと、うんざりした。

「奥さんは字がお上手なんですね」

　しかし、その皮肉が通じたかどうか、顔色も声の調子も変えなかった。じっと前方を見凝めたまま相変らず固い口調で、

「いいえ、上手と違いますわ。この頃は気持が乱れていますのんか、お手が下ったたて、お習字の先生に叱られてばっかりしてますんです。ほんまに良い字を書くのは、むつかしいですわね。けど、お習字してますと、なんやこう、悩みや苦しみがみな忘れてしまえるみたい気イしますのんで、私好きです。貴方なんか、きっとお習字上手やと思いま

すわ。お上手なんでしょう？　いっぺん見せていただきたいわ」

「僕は字なんかいっぺんも習ったことはありません。下手糞です。下品な字しか書けません」

しかし、女は気にもとめず、

「私、お花も好きですのん。お習字もよろしいですけど、お花も気持が浄められてよろしいですわ。――私あんな教養のない人と一緒になって、ほんまに不幸な女でしょう？そやから、お習字やお花をして、慰めるより仕方あれしません。ところが、あの人はお習字やお花の趣味はちょっともあれしませんの」

「お茶は成さるんですか」

「恥かしいですけど、お茶はあんまりしてませんの。是非教わろうと思てるんですけど。

――ところで、話ちがいますけど、貴方《おうち》キネマスターで誰がお好きですか？」

「…………」

「私、絹代が好きです。一夫はあんまり好きやあれしません。あの人は高瀬が好きや言いますのんです」

「はあ、そうですか」

絹代とは田中絹代、一夫とは長谷川一夫だとどうやらわかったが、高瀬とは高瀬なに

がしかと考えていると、

「貴方《おうち》は誰ですの？」

「高瀬です」

つい言った。

「まあ」

さすがにしばらくあきれていたようだったが、やがて、

「高瀬はまあえぇとして、あの人はまた、〇〇〇が好きや言うんです。私、あんな下品な女優大きらいです。ほんまに、あの人みたいな教養のない人知りませんわ」

私はその「教養」という言葉に辟易した。うじゃうじゃと、虫が背中を這うようだった。

「ほんまに私は不幸な女やと思いますわ」

朝の陽が蒼黝《あおぐろ》い女の皮膚に映えて、鼻の両脇の脂肪を温めていた。

ちらとそれを見た途端、なぜだか私はむしろ女があわれに思えた。かりに女が不幸だとしても、それはいわゆる男の教養だけの問題ではあるまいと思った。

「何べん解消しようと思ったかも分れしまへん」

解消という言葉が妙にどぎつく聴こえた。

「それを言いだすと、あの人はすぐ泣きだしてしもて、私の機嫌とるのんですわ。私が

ヒステリー起こした時は、ご飯かて、たいてくれます。洗濯かて、せえ言うたら、してくれます。ほんまによう機嫌とります。けど、あんまり機嫌とられると、いやですねん。なんやこう、むく犬の尾が顔にあたったみたいで、気色がわるうてわるうてかないませんのですわ。それに、えらい焼餅やきですの。私も嫉妬《りんき》しますけど、あの人のは、もっとえげつないんです」

顔の筋肉一つ動かさずに言った。

妙な夫婦もあるものだ。こんな夫婦の子供はどんな風に育てられているのだろうと、思ったので、

「お子さんおありなんでしょう?」

と、訊くと、

「子供はあれしませんの。それで、こうやってこの温泉へ来てるんです。ここの温泉にはいると、子供が出来るて聞きましたので……」

あっ、と思った。なにが解消なもんかと、なにか莫迦にされているような気がした。いつか狭霧《さぎり》が晴れ、川音が陽の光をふるわせて、伝わって来た。女のいかつい肩に陽の光がしきりに降り注いだ。男じみたいかり肩が一層石女を感じさせるようだと、見ていると、突然女は立ちすくんだ。

見ると隣室の男が橋を渡って来るのだった。向うでも見つけた。そして、いきなりくるりと身をひるがえして、逃げるように立ち去ってしまった。ひどくこせこせした歩き方だった。それがなにかあわれだった。

女は特徴のある眇眼《すがめ》を、ぱちぱちと痙攣させた。唇をぎゅっと歪めた。狼狽をかくそうとするさまがありありと見えた。それを見ると、私もまた、なんということもなしに狼狽した。

やがて女は帯の間へさしこんでいた手を抜いて、不意に私の肩を柔かく敲いた。

「私を尾行しているのんですわ。いつもああなんです。なにしろ、嫉妬《りんき》深い男ですよって」

女はにこりともせずにそう言うと、ぎろりと眇眼をあげて穴のあくほど私を見凝めた。

私は女より一足先に宿に帰り、湯殿へ行った。すると、いつの間に帰っていたのか、隣室の男がさきに湯殿にはいっていた。

ごろりとタイルの上に仰向けに寝そべっていたが、私の顔を見ると、やあ、と妙に威勢のある声とともに立ち上った。

そして、私のあとから湯槽《ゆぶね》へはいって来て、

「ひょっとしたら、ここへ来やはるやろ思てました」

と、ひどく真面目な表情で言った。それでは、ここで私を待ち伏せていたのかと、返事の仕様もなく、湯のなかでふわりふわりからだを浮かせていると、いきなり腕を掴まれた。

「彼女はなんぞ僕の悪ぐち言うてましたやろ？」

案外にきつい口調だった。けれど、彼女という言い方にはなにか軽薄な調子があった。

「いや、べつに……」

「嘘言いなはれ。隠したかてあきまへんぜ。僕のことでなんぞ聴きはりましたやろ。違いまっか。僕のにらんだ眼にくるいはおまっか。どないだ（す）？　聴きはれしめへんか。隠さんと言っとくなはれ」

ねちねちとからんで来た。

私は黙っていた。しかし、男は私の顔を覗きこんで、ひとりうなずいた。

「黙ったはるとこ見ると、やっぱり聴きはったんやな。――なんぞ僕のわるいことを聴きはったんやろ。しかし、言うときまっけどね。彼女の言うことを信用したらあきまへんぜ。あの女子《おなご》は嘘つきですよってな。わてはだまされた、わては不幸な女子や、とこないひとに言いふらすのが彼女の癖でんねん。それが彼女の手エでんねん。そない言うてからに、うまいこと相手の同情ひきよりまんねんぜ。ほら昨夜《ゆうべ》従兄弟がどないやとか、こないやとか言うとりましたやろ、あれもやっぱり手エだんねん。なにが彼女に従兄弟みたいなもんおますかいな。ほんまにあんた、警戒せなあきまへんぜ」

　警戒とは大袈裟な言い方だと、私はいささかあきれた。

「ところで、彼女は僕のこと如何《どない》言うとりました？　悪い男や言うとりましたやろ？焼餅やきや言うてしまへんでしたか。どうせそんなことでっしゃろ。なにが、僕が焼餅やきますかいな。彼女の方が余っ程焼餅やきでっせ。一緒に道歩いてても、僕に女子の顔見たらいかん、こない言いよりまんねん。活動見ても、綺麗な女優が出て来たら、眼エつぶっとれ、とこない言いよりまんねん。どだい無茶ですがな。ほんまにあんな女子にかかったら、一生の損でっせ。そない思いはれしまへんか」

　じっと眼を細めて、私の顔を見つめていたが、それはそうと、とまた言葉を続けて、

「石油どないだ（す）？　まだ、飲みはれしまへんか。飲みなはれな。よう効くんでっけどな。ちょっとも毒なことおまへんぜ」

　その時、脱衣場の戸ががらりとあいた。

「あ、来よりました」

　男はそう私の耳に囁いて、あと、一言も口を利かなかった。

　部屋に戻って、案外あの夫婦者はお互い熱心に愛し合っているのではないか、などと

考えていると、湯殿から帰って来た二人は口論をやり出した。

襖越しにきくと、どうやら私と女が並んで歩いたことを問題にしているらしく、そんなことで夫婦喧嘩されるのは、随分迷惑な話だと、うんざりした。

夕飯が済んだあと、男はひとりでどこかへ出掛けて行ったらしかった。私は療養書の注意を守って、食後の安静に、畳の上に寝そべっていた。

虫の声がきこえて来た。背中までしみ透るように澄んだ声だった。

すっと、衣ずれの音がして、襖がひらいた。熱っぽい体臭を感じて、私はびっくりして飛び上った。隣室の女がはいって来たのだった。

「お邪魔やありません?」

襖の傍に突ったったたまま、言った。

「はあ、いいえ」

私はきょとんとして坐っていた。

女はいきなり私の前へべったりと坐った。膝を突かれたように思った。この女は近視だろうか、それとも、距離の感覚がまるでないのだろうかと、なんとなく迷惑していると、

「いま、ちょっと出掛けて行きましたの」

その隙に話しに来た、――そんなことをされては困ると思った。私はむつかしい顔をした。

　女はでかい溜息をつき、

「あの男にはほんまに困ってしまいます」

　と、言って分厚い唇をぎゅっと歪めた。

「――あの人、なんぞ私のこと言いましたか。どうせ私の悪ぐち言うたことやと思います。それがあの人の癖なんです。誰にでも私の悪ぐちを言うてまわるのんです。なんせ肚の黒い男ですよって、なにを言うか分れしません。けど、あんな男の言うこと信用せんといて下さい。何を言うても良え加減にきいといて下さい」

「いや、誰のいうことも僕は信用しません」

　全く、私は女の言うことも男の言うことも、てんで身を入れてきかない覚悟をきめていた。

「それをきいて安心しました」

　女は私の言葉をなんときいたのか、生真面目な顔で言った。私はまだこの女の微笑した顔を見ていない、とふと思った。

　そして、私もこの女の前で一度も微笑したことはない……。

女はますます仮面《めん》のような顔になった。

「ほんまに、あの人くらい下劣な人はあれしませんわ」

「そうですかね。そんな下劣な人ですかね。よい人のようじゃありませんか」

その気もなく言うと、突然女が泪《なみだ》をためたので驚いた。

「貴方《おうち》にはなにも分れしませんのですわ。ほんまに私は不幸な女ですわ」

うるんだ眼で恨めしそうに私をにらんだ。視線があらぬ方へそれている。それでますます恨めしそうだった。

私は答えようもなく、いかにも芸のなさそうな顔をして、黙っていた。

すると、女の唇が不気味にふるえた。そして大粒の泪が蒼黝《あおぐろ》い皮膚を汚して落ちて来た。ほんとうに泣き出してしまったのだ。

私はすこぶる閉口した。どういう風に慰めるべきか、ほとほと思案に余った。

女は袂から器用に手巾をとりだして、そしてまた泣きだした。

その時、思いがけず廊下に足音がきこえた。かなり乱暴な足音だった。

私はなぜかはっとした。女もいきなり泣きやんでしまった。急いで泪を拭ったりしている。二人とも妙に狼狽してしまったのだ。

障子があいて、男がやあ、とはいって来た。女がいるのを見て、あっと思ったらしかっ

たが、すぐにこにこした顔になると、

「さあ、買うて来ましたぜ」

　と、新聞紙に包んだものを、私の前に置いた。罎《びん》のようだったから、訳がわからず、変な顔をしていると、男は上機嫌に、

「石油だ（す）。石油だす。停車場の近所まで行《い》て、買うて来ましてん。言うだけやったら、なんぼ言うたかてあんたは飲みなはれんさかい、こら是が非でも膝詰談判で飲まさな仕様ない思て、買うて来ましてん。さあ、一息にぱっと飲みなはれ」

　と、言いながら、懐ろから盃をとりだした。

「この寸口《ちょく》に一杯だけでよろしいねん。一日に、一杯ずつ、一週間も飲みはったら、あんたの病気くらいぱらぱらっといっぺんに癒ってしまいまっせ。けっ、けっ、けっ」

　男は女のいることなぞまるで無視したように、まくし立て、しまいには妙な笑い声を立てた。

「いずれ、こんど……」

　機会があったら飲みましょうと、ともかく私は断った。すると、男は見幕をかえて、

「こない言うても飲みはれしまへんのんか。あんた！」

　きっとにらみつけた。

その眼付きを見ると、嫉妬深い男だと言った女の言葉が、改めて思いだされて、いまさきまで女と向い合っていたということが急に強く頭に来た。

「しかし、まあ、いずれ……」

曖昧に断りながら、ばつのわるい顔をもて余して、ふと女の顔を見ると、女は変に塩垂れて、にわかに皺がふえたような表情だった故、私はますます弱点を押さえられた男の位置に坐ってしまった。莫迦莫迦しいことだが、弁解しても始まらぬと、思った。男の無理強いをどうにも断り切れぬ羽目になったらしいと、うんざりした。

しかし、なおも躊躇っていると、

「これほど言うても、飲んでくれはれしまへんか」

と男が言った。

意外にも殆んど哀願的な口調だった。

釣りこまれて私は思わず言った。

「飲みましょう」

「あ、飲んでくれはりまっか」

男は嬉しそうに、罎の口をあけて、盃にどろっとした油を注いだ。変に薄気味わるかった。

「あ、蜘蛛！」

不意に女が言って、そして本を読むような味もそっけもない調子で、

「私蜘蛛、大きらいです」

と、言った。

だが、私はそれどころではなかった。私の手にはもう盃が渡されていたのだ。

「まあ、肝油や思て飲みなはれ。毒みたいなもんはいってまへんよって、安心して飲みなはれ。けっ、けっ、けっ」

男は顔じゅう皺だらけに笑った。

私はその邪気のなさそうな顔を見て、なるほど毒なぞはいっているまいと思った。

そして、眼を閉じて、ぷんと異様な臭いのする盃を唇へもって行き、一息にぐっと流し込んだ。急にふらふらっと眩暈《めまい》がした咄嗟に、こんな夫婦と隣り合ったとは、なんという因果なことだろうという気持が、情けなく胸へ落ちた。

翌朝、夫婦はその温泉を発った。私は駅まで送って行った。

「へえ、へえ、もう、これぐらい滞在なすったら、ずっと効目はござりやんす」

駅のプラットホームで客引きが男に言っていた。子供のことを言っているのだな、と私は思った。

「そやろか」

男は眼鏡を突きあげながら、言った。そして、売店で買物をしていた女の方に向って、

「糸枝！」

と、名をよんだ。

「はい」

女が来ると、

「もうじき、汽車が来るよって、いまのうち挨拶させて貰い」

「はい」

女はいきなりショールをとって、長ったらしい挨拶を私にした。終ると、男も同じように、糞丁寧な挨拶をした。

私はなにか夫婦の営みの根強さというものをふと感じた。

汽車が来た。

男は窓口からからだを突きだして、

「どないだ（す）。石油の効目は……？」

「はあ。どうも昨夜から、ひどい下痢をして困ってるんです」

ほんとうのことを言った。

「あ、そら、いかん。そら、済まんことした。竹の皮の黒焼きを煎じて飲みなはれ。下痢にはもってこいでっせ」

男は狼狽して言った。

汽車が動きだした。

「竹の皮の黒焼きでっせ」

男は叫んだ。

汽車はだんだんにプラットホームを離れて行った。

「竹の皮の黒焼きでっせ」

男の声は莫迦莫迦しいほど、大きかった。

女は袂の端を掴み、新派の女優めいた恰好で、ハンカチを振った。似合いの夫婦に見えた。

想像力

宮本百合子

＊――夫婦喧嘩のとばっちりを話す派出婦

派出婦さんが、だんだん顔をあげて私を見て、笑顔になってものを云うようになった。そして、こんなことを話した。

「あたし、喧嘩する家はつくづく、やになっちゃうね」

夫婦喧嘩されると、どっちにどう云っていいのか分らないから困る。

「旦那さんと奥さんがガミガミ馬鹿にしてんのはいいけんど、奥さんが叱られると、きっとこっちへ当って来るから、ほんとにやになっちゃう」

旦那さんが細君にやられても派出婦なんかに当りちらさないが、細君はきっと当って来るものだそうだ。

「でも、御新婚なんかのところだと、あなたやきもちがやけない？」

「よくそう云われるけんど、あたしちっともそういう気持にはならないわ。自分たちの仲だけのこんでこっちへ当って来ないもんね」

成程と、大いに笑って感服した。

この二十二才の女は群馬の農村の娘である。この話をきいていると、熟した巴旦杏《はたんきょう》のような頰の色をした若い女が全く想像力をもたないたちだということを発見した。嫉妬の苦しさは想像がそこに生々しく参加するからだ。恐怖がそうであるように。この話はもう一つのことをわたしに教えた。彼女が、どんなに自分の働く条件そのものだけに自分の存在を区切って暮しているのかということについて。つまり家事労働にもあらわれている労働力搾取に対して、どんなに自分を非人間にして防衛することを学んでいるかということについて。

またこういう話もした。

「田舎の男って、ほんとにおっかないったらないの、活動見に行って、かえりなんか三十人も男がついて来るんだもの、娘十人ばっかしに、三十人も男どもがおっかけて来て、畑ん中までおっかけたりして、ほーんに野蛮だからね、おっかないったら」

この話には誇張がある。浅草紙ににじむ墨で描いた戯画のような誇張がある。そして、そのことのなかに彼女の青春の現実の単調さが訴えられている。

女作者

＊――夫に対する心情が揺れる女作者

田村俊子

この女作者の頭脳《あたま》のなかは、今までに乏しい力をさんざ絞りだし絞りだし為《し》てきた残りの滓《かす》でいっぱいになっていて、もうどうこの袋を揉み絞っても、肉の付いた一と言も出てこなければ血の匂いのする半句も食《は》みでてこない。暮れに押詰まってからの頼まれものを弄《いじ》くりまわし持ち扱いきって、そうして毎日机の前に坐っては、原稿紙の桝のなかに麻の葉を拵《こしら》えたり立枠《たてわく》を描《か》いたりしていたずら書きばかりしている。

女作者が火鉢をわきに置いてきちんと坐っている座敷は二階の四畳半である。窓の外に掻きむしるような荒っぽい風の吹きすさむ日もあるけれども、どうかすると張りのない艶のない呆《ぼ》やけたような日射しが払えば消えそうに嫋々《なよなよ》と、開けた障子の外から覗きこんでいるような眠っぽい日もある。そんな時の空の色は何か一と色交《ま》ざったような不透明な底の透かない光りを持ってはいるけれども、さも、冬と云う権威の前にすっかり赤裸になってうずくまっている森の大きな立木の不態《ぶざま》さを微笑しているように、やんわりと静に膨《ふく》らんで晴れている。そうしてこの空をじっと見詰《みつ》めている女作者の顔の上にも明るい微笑の影を降りかけてくれる。女作者にはそうした時の空模様がどことなく自分の好きな人の微笑に似ているように思われるのであった。利口そうな円《つぶ》らの眼の睫毛に、ついぞ冷嘲《ひやかし》の影を漂わした事のない、優しい寛闊《かんかつ》な男の微笑みに似ているように思われてくるのであった。

女作者は思いがけなく懐しいものについと袖を取られたような心持で、目を見張ってその微笑の口許にいっぱいに自分の心を啣《くく》ませていると、おのずと女作者の胸のなかには自分の好きな人に対するある感じがおしろい刷毛《はけ》が皮膚にさわるような柔らかな刺激でまつわってくる。その感じはちょうど白絹に襲《かさ》なった青磁色の小口《こぐち》がほんのりと流れているような、品の好いすっきりした古めかしい匂いを含んだ好いた感じなのである。そうするとこの女作者は出来るだけその感覚を浮気なおもちゃにしようとして、じっと眼を瞑《つぶ》ってその瞳子《ひとみ》の底に好きな人の面影を摘《つま》んで入れて見たり、掌の上にのせて引きのばして見たり、握りしめて見たり、さもなければ今日の空のなかにそのおもかげを投げ込んで、向うに立たせて思いっきり眺めて見たりする。こんな事で猶更原稿紙の桝のなかに文字を一つずつ埋める事が億劫になってくるのであった。

この女作者はいつも白粉《おしろい》をつけている。もう三十に成ろうとしていながら、随分濃いお粧《つく》りをしている。誰も見ない時などは舞台化粧のようなお粧りをしてそっと喜んでいる。少しぐらい身体の工合の悪い時なら、わざわざ白粉をつけて床《とこ》のなかに居ようと云うほど白粉を放す事の出来ない女なのである。おしろいを塗《つ》けずにいる時は、何とも云えない醜いむきだしな物を身体の外側に引っ掛けているようで、それが気になるばかりじゃなく、自然と放縦《ほしいまま》な血と肉の暖《ぬく》みに自分の心を甘えさせているような空解《そらど》けた心持になれないのが苦しくって堪らないからなのであった。そうしておしろいを塗《つ》けずにいる時は、感情が妙にぎざぎざして、「へん」とか「へっ」とか云うような眼づかいや心づかいを絶えず為《し》ているような僻《ひが》んだいやな気分になる。媚を失った不貞腐《ふてくさ》れた加減になってくる。それがこの女には何よりも恐しいのであった。だから自分の素顔をいつも白粉でかくしているのである。そうして頬や小鼻のわきの白粉が脂肪《あぶら》にとけて、それに物の接触する度に人知れず匂ってくるおしろいの香を味いながら、そのおしろいの香の染みついている自分の情緒を、何か彼《か》にか浮気っぽく浸《ひた》し込んで、我れと我が身の媚に自分の心をやつしている。

どうしても書かなければならないものが、どうしても書けない書けないと云う焦《じ》れた日にも、この女作者はお粧《つく》りをしている。また、鏡台の前に坐っておしろいを溶《と》いてる時に限って、きっと何かしら面白い事を思い付くのが癖になっているからなのでもあった。おしろいが水に溶けて冷たく指の端《はじ》に触れる時、何かしら新らしい心の触れをこの女作者は感じる事が出来る。そうしてそのおしろいを顔に刷いている内に、だんだんと想が編まれてくる――こんな事がよくあるのであった。この女の書くものは大概おしろいの中から生まれてくるのである。だからいつも白粉の臭《くさ》みが付いている。

けれどもこの頃はいくら白粉をつけても、何にも書く事が出てこない。生地《きじ》が荒れておしろいの跡が干破《ひわ》れているように、ぬるい血汐《ちしお》が肉のなかで渦を描《か》いてるようなもの懐しい気分にもなってこない。ただ逆上していて眼が充血のために金壺《かなつぼ》まなこのように小さくなって、頬が飴細工の狸のようにふくらまってくるばかりである。そうして何所にも正体がない。ただ書く事がない、書けない、と云う事ばかりに心が詰まってしまって、耳から頸筋《くびすじ》のまわりに蜘蛛の手のような細長い爪を持ったや、わやわした手が、幾本も幾本も取りついてるようなぞっとした取り詰めた思いに息も絶えそうになっている。それで今朝、この女作者は自分の亭主の前でとうとう泣きだしてしまった。

「こんなに困った事はありやしない。私何所かへ逃げて行きますよ。後であなたが好いように云っておいてくれるでしょう。私にはもうどうしたって一枚だって書けないんだから。」

　そうすると、火鉢の前で煙草をのんでいたこの亭主は暫時《しばらく》返事をしないでいたが、やがて、

「おれは知らないよ。」

　と云った。それがどう見ても小人らしい空嘯《うそぶ》きかただった。いつも私の事は私がするお世話様にゃならないと云ってる口は何所へ捨ててきたんだと云うような、いかにも小っぽけな返報を心に畳んで、そうしてつんとありもしない腮《あご》を突き出したように女作者に見えた。それを見た女作者は急に自分の顔面の肉が取れてしまって骨だけ露出《むきだ》したような気がしたが、すぐにそれは何所までも一本に突っ通ってゆくような吹っ切った声で、

「何ですって。」

　と云いながら亭主の方をじっと見た。

「おれは知らないって云ったんだ。何だい。どれほどの物を今年になって書いたんだ。今年一年の間に何百枚のものを書いたんだ。もう書く事がないなんて君は到底駄目だよ。俺に書かせりゃ今日一日で四五十枚も書いて見せらあ。何だって書く事があるじゃないか。そこいら中に書く事は転がっていらあ。生活の一角さえ書けばいいんじゃないか、例えば隣りの家で兄弟喧嘩をして弟が家《うち》を横領して兄貴を入れないなんて事だってすぐ

書ける。女は駄目だよ。十枚か二十枚のものに何百枚と云う消しをしてさ。そうしてそれほどの事に十日も十五日もかかっていやがる。君は偉い女に違いない。」

男の声は時々敷石の上を安歯の下駄で駆け出すような頓狂さが交じってぽんぽんとこう云い続けた。女作者の顔は眼が丸くなって行くにつれて眉毛がだんだんに上がって行ったが、泣くどころでなくて、失笑《ふきだ》してしまった。

「成る程そうですか。それでもあなたは物を書く人だったんだから実に恐れ入りますよ。」

女作者はふところ手をして、自分の褄先《つまさき》を蹴りながら座敷の内を飛んで歩いた。泣いた涙が眼のはたに溜っていて冷々《ひやびや》とする。自分の飛んで歩いている姿が姿見の前を横に切る時にちらりちらりと追羽根《おいばね》のように映る。女作者は自分の褄先の色の乱れを楽しむように鏡の前に行くとわざわざ裾をちらほらさせて眺めていたが、ふいと何かしら執拗《しつこ》く苛責《いじ》めぬいてやりたいような気がして来て、自分の身体のうちのどこかの一部がぐっと収縮してくるようなじれったい心持になった。女作者は亭主の方を向くと、いきなりその前に歯茎《はぐき》を出した口許を突き付けながら、拳固の中指の真中の節のところでその額をごりごりと小突いた。

亭主は済ましていた。

「ひょっとこ、ひょっとこ、盤若《はんにゃ》の面だ。」

そう云っても亭主は黙っている。女作者は自分の膝頭で亭主の背中を突くと、立膝をしていた亭主は、火鉢の前へ横に仆《たお》れたが、すぐにまた起き直って小さな長火鉢へ獅噛《しが》み付くように両手を翳《かざ》して黙っている。

「おい。おい。おい。」

女作者は低い声でそう云いながら、自分の亭主の襟先を掴むと今度は後の方へ引き仆した。

「裸体《はだか》になっちまえ。裸体になっちまえ。」

と云いながら、羽織も着物も力いっぱいに引き剥ごうとした。その手を亭主が押し除《の》けると、女作者はまた男の脣《くちびる》のなかに手を入れて引き裂くようにその脣を引っ張ったりした。口中の濡れたぬくもりがその指先にじっと伝わったとき、この女作者の頭《つむり》のうちに、自分の身も肉もこの亭主の小指の先きに揉み解《ほぐ》される瞬間のある閃《ひら》めきがついと走った。と思うと、女作者は物を掴み挫《ひし》ぐような力でいきなり亭主の頬を抓《つね》った。

こんな女の病的な発作に馴れている亭主は、また始ったと云うような顔をして根強く黙っている。おなかの中では、

「何て悍婦《かんぷ》だろう。」

と思いながら、そっとしておくと云うような口の結びかたをして黙っている。

女作者は、もう一度その頭《つむり》を指で小突いてから、また二階に上がって来た。火鉢の中の紅玉を解かしたような火の色が仄《ほのか》に被《おお》われて、ところどころざくろの口を開いたような崩れの隙から陽炎が立っている。梅の花の蝶貝の入った一閑張りの机の前に坐ると、まるで有るたけの血を浚《さら》い尽された後のように身体がげんなりしている。そうして無暗《むやみ》と悲しくなって、涙が落ちてきた。

「何と云う仕様のない女だろう。」

泣いてる心の内ではこんな言葉が繰り返された。

ある限りの女の友達の内で、自分ぐらいくだらない女《もの》はないとこの女作者は思った。殊に二三日前に例《いつも》にもなく取り澄ましてやって来たある一人の友達の事が考えられた。その女は近い内に別居結婚をすると云って行ったのである。たいへんに恋し合っている一人の男と結婚をするまでになったけれども、同棲をしない結婚をするのだそうである。そうして一生離れて棲んで恋をし合って暮らすのだと云う事だった。

「結婚したって私は自分なんですもの。私は私なんですもの。恋と云ったってそれは人のためにする恋じゃないんですもの。自分の恋なんですもの。自分の恋なんですもの。」

八重歯を見せながらその女はこの女作者にこう云った。女作者はこの女の言葉に圧《お》し付けられて少時《しばらく》は黙っていた。

「あなたは苦しいの何のと云ってもあきらめて居られる人だからいい。心が苦しくったって形の上であなたはあきらめている人になってるんですもの。私は自分ってものをどんな場合にも捨てられない。自分は自分だわ。逢いたくなったら逢うし、逢いたくなければ逢わずにいるわ。」

「でもあなたは、結婚しようとする人の事を毎日思いつづけているでしょう。思わずにはいられないでしょう。」

女作者は眼をうるましてこう聞いて見た。この女は単純に「ええ。」と云って、小指だけを反らせたような手付きで蜜柑の皮を剥いていた。

「私ぐらい自分のない女もない。右から引っ張られれば右へ寄るし、左にも行くし、何てぐうたらな女でしょう。」

「そうでもないでしょう。それは今、何かの反動でそんな事を云っていらっしゃるんでしょう。」

この女はそう云って蜜柑の一と房を口に含んだ。

「私は自分に生きるんだから。自分はやっぱり自分の芸術と云えるわ。自分の芸術に生きると云う事は、やっぱり自分に生きるって事だわ。」

「私は自殺でもしたいほど苦しんでるの。何によって生きたら好いのか分らないんですもの。私は何かに滅茶苦茶に取り縋《すが》らなくっちゃいられないような気がしているのだけれども、何にどう取り縋ったらいいのか分らない。私は宗教なんて事も考えますけれどもね。そうならいっそその道の人になってしまいたいような気もしているんです。」

「私だって随分考えたけれども、私はもう自分に生きるより他はないと思ってしまったの。私は自分に生きるの。」

この女はそう云って、その恋い男の黒いマントを被《き》て帰って行った。

一人で生活をすると云う事もこの女作者は疾《と》うから考えていた。一人になりたい、一人になろうと云う事に始終心を突《つ》っ突《つ》かれている。けれどもこの女作者は一人になり得ないのである。一人の生活に復《かえ》ると云う事がこの女作者には到底出来ない事なのであった。

「そんなら何故結婚をなすったの。」

その時も、女の友達はこの女作者にこう云った。

「あの人は私の初恋なんですもの。」

「じゃ仕方がないわね。」

何か云いたい事が残っているような気がしながら、この女作者は笑うよりほか仕方がなかった。

初恋――それはこの女作者の十九歳の時であった。初恋と云うよりはこの女作者の淫《いた》奔《ずら》な感情が、ある一人の若い男を捉えたと云うに過ぎないものであったかも知れない。けれども、その時のこの若い男によってふと弾かれた心の蕾の破れが、今も可愛らしくその胸の隅に影を守っているのであった。この女作者が今の男に対する温みはその影のなかから滲《し》みでてくる一《ひ》と滴《しずく》の露からであった。この一と滴はこの女作者が生を終えるまで絶えず絶えず滲み出るに違いない、一人になろうとも、別れてしまおうとも、その一と滴の湿《うるお》いは男へ対する思い出になって、そしてまたその男にひかれて行く愛着のいとぐちになるに違いない。――

女作者はその女友達にこんな事は云わなかった。そうしてその女友達が肉と云うものは絶対に斥《しりぞ》ける夫婦と云うものを作ろうとしているらしい未通女気《おぼこぎ》とでも云いたいものに、この女作者の胸はもやもやにされた。女友達の恋の相手がどんな人だかはこの女作者は知らなかった。新らしい芸術家と云う事だけは噂によって知っていた。――もう一年経ったらあの女は私の前に来てどんな事を云うだろう。女作者はそうも思ったけれども、さも自分に生きると云う事をもっともらしく解釈して、強い自分と云うものを見せようとしていたその女の友達の様子に、おびやかされるほどこの女作者の今の心は脆《もろ》い意久地《いくじ》のないものになっている。――

女作者は我れに返ると、何《なんに》も書いてない原稿紙に眼をひたと押し当てた。何か書かなければならない。何を書こう。……

「君は駄目だよ。」

こう云った先刻《さっき》の亭主の言葉がふと胸に浮んだ。何故あの時自分は笑ってしまったのだろう。いくらあの云い草が馬鹿々々しいと云っても、もう少し何か云ってやればよかったと云うような反抗がついと湧いてきた。

「駄目な女ならどうなの。」

こんな事を云って、また突っかかって遣りたい気がしてきた。何でもいいから自分の感情を五本の指で掻きむしるような事が欲しい。もっとあの男を怒らしてやろう。女作者はそんな事も思った。

どれほど匂いの濃《こま》かい潤いを吹っかけて見ても、あの男の心は砥石《といし》のようにどこかへその潤いをすぐに吸い込んでしまって、そうして乾いた滑らかなおもてを見せるばかりである。

「私はあなたと別れますよ。」

こう云えばあの男は、

「ああ。」

と返事をするに違いない。

「私はやっぱりあなたが好きだ。」

と云えば、

「そうか。」

と返事をしているような男なのである。自分の眼の前を過ぎる一とつ一とつに対しても、自分の心の内に浸み込んでくる一人々々の感情でも、この男は自分と云うものの上からすべてを辷《すべ》らせてしまって平気でいる。この男の身体のなかはおが屑が入っているのである。生の一とつ一とつを流し込み食《く》わえ込むような血の脈は切れているのである。女作者はそう思うと、わざわざ下へおりて行って自分の相手にするのもつまらない気がした。

きょうは時雨が降っている。雨の音は聞えずにただ雫の音がはらはらと響きを打っている。風のふるえが障子の紙の隙間をばたばたとからかっている。雨の降る日に遊びに行く約束をした人があったが、と、この女作者はふと思ったが、その考えは何の興味も起させずになだらかに消えてしまった。自分の好きな女優が舞台の上で大根の膾《なます》をこしらえていた。あの手が冷めたそうに赤くなっていた。あの手を握りしめて脣のあたたかみで暖めてやりたい。——

母娘

林芙美子

＊――母の上京をきっかけに浮き彫りになった娘の本心

　母親が久しぶりに上京して来たが、初めて逢わせる良人《おっと》は不愛想であったし、家のなかは赤貧洗うがごとしで、とり子はちぐはぐないまの世帯を、どのように云うて、田舎者の母親になっとくさせてよいものかと、台所に立っては思いまどうのであった。――母親は、小石ほどないくつもの風呂敷包から、黒砂糖や、小麦の粉なぞを出して、台所の板の間へ並べている。立ったまま呆やりとその母親の皺だらけの掌を見ていると、とり子は瞼の中が熱くなって来て、長年の不孝さが、いっぺんに霜のようにきびしく身を責めて来るのであった。

「貴方、少しは……こんな状態なのですから、母親へ何か優しい話だけでもしてやって下さいな……」

母親が庭口の方へでも出ていると、とり子は机に向っている良人の後から、そっと哀願してもみるのであったが、「俺は自分の親にだってこの状態だよ」と云って、一向に取りあわないのである。で、自然、母親も、娘の婿の気むずかしさに、何となくまぶしいものを感じたのか、二三日も居ると、「もう早帰ろうか喃《のう》」と云い始めた。

旅費としてやるべき金は一文もなかった。それどころか、せめて賑やかな所を見物させてやりたいと思いながらも、その電車賃さえもいまは工面がつかないのであった。

「何も知らせないで来るんですもの、吃驚《びっくり》するじゃないの……」

そうも、母親へ向って不平も云って見るのだったが、母親は、いまでは自分の娘にさえも額の上をまぶしそうにして、「つい、来とうなったもんじゃやけに……何さ、わしの着替えでも工面すれば旅費なぞ出ようぞい」

と云って叱られた子供のようにしおている。

「何も、旅費を造ってあげないと云ってるのじゃありませんよ。……せめて、方々見物させてあげたいんですけど、人手がなくて急がしくてねえ……」

「何さ、お前の顔を見に来たのだもの、私は見物に来たのじゃないから……」

見物に来たのじゃない、お前の顔を見に来たのだと云われると、とり子は、余計に親心がうれしかった。――その反対に、自分の仕事が大切だと云った容子《ようす》で、平然と一人で飯を喰い、平然と机に向っている良人がとり子には憎らしかった。

「そう、どうしても、明日は帰るの？」

「ああ長うおっても仕様もないけに、ま、明日あたり帰ろう」

「じゃ、今晩、これから、賑やかな所へ行って見ましょう。ぬくぬくと着込んでゆけば寒くはないでしょうからね」

　とり子はそう云って、母親へ支度をさせ、自分はちょっとと云って裏口から出て行った。母親の愛情と、男の愛情をてんびんにかけるわけではないけれどもああと云った溜息も出て来る。

　風の激しく吹く黄昏で、小さな郊外の町はいかにも金物屋の店先のように吹き荒れて見える。とり子は歩きながら帯をほどいた。この帯を金に替えれば、往復の電車賃くらいは出ようかと行きつけの質屋の軒をくぐったが、その、くたびれた繻子《しゅす》の鯨帯《くじらおび》は四十銭がやっとであった。

　だが、いまのとり子にとって、その四十銭は何とない富楽安穏《ふらくあんのん》のお札なのでもある。その四十銭を手に握ってふと頭をかすめる思いは、悪い事ではあったが、別れた昔の良人に逢って金を無心する思いつきであった。

「そうだ、あの人に逢って、何とか云ってみよう……」

気も浮々として、質屋を出ると、とり子は急いで家へ帰った。

母親は支度をして、寒い風に吹かれて庭口に立っていた。その眼には、「大丈夫かい」と云って念を押しているところが見える。

「大丈夫よ、それよりもうんと着込みましたか、母さん……」

とり子は、台所へ這入ると、夕飯の支度をして、一人で食べる良人の膳をととのえ、机へ向っている良人に、

「ちょっと、母を連れてその辺を見物させて来ます」

と云った。

「ああ」

「御飯はちゃんとしてありますから、済みませんがお一人で召上って下さい」

「……」

もう、何の返事もない。とり子は、かえって平気であった。細帯一つで羽織をひっかけ、よれよれの肩掛けで胸を隠した。

表へ出ると、風はいっそう吹きつのっていたが、それでも、母と子と二人きりで晴々と話の出来る事は愉しい事である。

「さて、母さん何を食べる?」

「うどんでもよかろう……」

「お腹を空かしてからうまいものを食べましょうね」

とり子が黙ると、母親は、「お前は安楽じゃないのであろう」と何気ない風で云った。

「仕方がないわよ、いつも苦労ばかりしてるもんだから、これが本当の暮しのような気がするくらいよ。運だわねえ」

「運だと云っても、まだ二十五だものさ、可哀そうなもんじゃ……」

可哀そうな者だと云われると、耐えていた悲しみがいっぺんに噴き溢れそうであった。

「まるきり、不愛想な人で、仕事も中途半端だし……別れようかと思うのよ」

「ま、別れても仕様がない。女子はあんまり婿さんを替えぬ方が立派だから……」

とり子は、母親の何気ない言葉にひいやりとしたものを感じた。――電車へ乗ると、母親はまるで子供がするように窓の方へ向ってこちんと坐った。

来る者にも歓喜することなく、去る者にもまた憂いかなしまず。染まず、また憂いなし、二つの心ともに寂静なり。とり子はふと、昔、阿含経《あごんきょう》で覚えた、経の一句を想いおこしていた。前の良人に去られた折、この、経一章を心に焼きつけるようにして、身の苦しさを耐えていたのであったが、もう別れて日もたち、早二度目の結婚生活に這入ってちょうど一年にもなる。責めるべき勝目はありながら、自分から日のたった今、みすぼらしい姿で尋ねてゆく事は、段々家が近くなるにつれて、心臆《こころおく》して来るのであった。

電車から降りると、とり子の住んでいる郊外の町よりも華やかな通りがひろがり、活動小屋では、沢山の幟《のぼり》が、波のような音をたてて勇ましく風にはたかれていた。

「母さん！」

「何じゃの？」

「あなた済みませんけれど、ちょっと、この活動小屋の前で待っていてくれませんか、ちょっとなの、用事を済ましてすぐ出て来るから待っていて下さいな」

母親は不安そうな顔色で、「ちっとの用事なら待とう」と云って、活動小屋の横へずんずん這入って行った。

「喃《のう》、風が強いのう、この露地で待っておるけに……」

そこは暗くて、風が吹かなかった。コンクリートで固めた露地なので、浸みるように寒い場所であった。

「じゃ、すぐ来ますから、そこから、そこからあんまり動かないでいらっしゃいね」

兎に角、何でもいいのだ。早く金を借りて来て、母親へ熱いものを食べさせたいのが一心であった。母親から小走りに去って行くと、恥も何もない気持ちになって、何年か前まで、毎日のように尋ねて行った、別れた良人の実家の灯を探した。

とり子は、二十二歳の秋、初めての良人秀一と結婚をした。結婚と云っても、華々しい結婚式一つしたのではないが、秀一の実家に、秀一の親兄弟達と住むことは、長い間、孤独であったとり子にとって、華々しい結婚式をしたよりも安心なことなのであった。

秀一は図案家で、月々百円近くの収入を得ていたし、とり子は同じ図案社の女事務員であったが、その頃を思い出すと、歩きながらも、とり子はなつかしさに涙のにじむような気持ちがするのであった。

一ヶ月もすると、何彼《なにか》につけて不便なので、良人の実家から離れて、図案社に近い所へ間借り生活を始めたのだが、その間借生活が二人を別れさせたようなものと云える。――六畳に三畳の二階を秀一が見つけて来て越したのであったが、階下には出もどりの美しい芳子と云う女がいて、二ヶ月もすると、秀一はいつの間にかこの芳子と恋愛関係に陥ちていたのであった。

秀一の苦しむ想いを見ているのはたまらなかったし、自分の身の苦しさはなおさら、とり子は長い間、秀一の実家へ手伝いに行っては気持ちをまぎらしていたのであったが、二十三歳の若さでは、流石に、秀一を取り返す根気もなかった。情熱はあったが、その情熱は娘らしい情熱で、芳子とはくらべものにもならない。

「憂いかなしまず、染まず、また……」

と、気はしゃんと突きたてたつもりでも、しめしあわせて、二人に旅行でもされると、とり子は子供のようにしゃっくりも出た。

「早いものだわ、あれから何年になるかしら」

心のうちに、そんな事を考えながら、昔、見馴れた牛乳屋のかどを廻って、露地の溝板を踏んで這入って行くと、台所口で秀一の母親が、七輪の上で魚を焼いていた。魚を焼くのが上手なおばあさんで、団扇をばたばたつかいながら火を煽って、小魚を焼いていた。

「今晩は……」

「誰？」

「わたしです」

「……」

「とり子です……」

「まア！　おとりさんか、どうしたの、ええ？」

魚をあわただしく皿にうつすと、台所から首を出して、とり子の容子を眺めるのであった。だが、その眺める眼の中には、昔の親身さは少しもなかった。赤の他人の眼なのであった。「お上り」ともいってはくれない。一目見れば、とり子のいまの暮しむきも察しがつく。どうせ、何か無心には違いないのだ。そう、この、秀一の母親の眼は語っている。ひがみかも知れぬ。そう、とり子は考えて見たが、ひがみだけでない水臭さも正直に、このおばあさんはむきだしなのだ。

「秀さんいますか？」

「秀さんはいま風呂へ行ったが、お芳さんがいるわ」

　とり子は、何と云うむごいことを云う人なのかと黙ってつっ立っていた。部屋の灯は障子の奥でいかにも温かそうに明るかった。弟達も芳子達と一緒に食卓を囲んでいるであろう。

「何か用事？」

「ええちょっと……」

　もう金の話に違いないと思ったのだろう。

「あれもよく働くのだけど、お芳さんが派手なひとだから、一文も残りゃしないし、いっぱいいっぱいでねえ……」

　そう云われると、とり子は、金を借りる気持ちもなくなってしまった。こんなところで恥を晒すよりも、自分の羽織をぬいでも、母親へ何とかしてやれるはずだと、

「ちょっと、そこまで来て思いついた用事で、別に逢わなきゃならないのでもないのだし、私、……失礼しますわ」

「まア、いいじゃないの」

「皆さんによろしくね……」

障子の中から、誰かが「おばさん誰?」と声を掛けて立ちあがって来そうであった。とり子は周章《あわ》てて小走りに歩いたが、出逢い頭に、背の高い秀一と、露地の表で顔をあわせた。愕いたのはとり子よりも秀一の方で、「やア! どうした!」と、濡れた手拭を肩からおろした。

久しく見ない間に、秀一はよく肥っていて、灯影の射した耳朶《みみたぶ》なんかも、少年のように艶々としていた。――こんな幸福そうな人達に馬鹿にされてはたまらないと思った。

「いま、ちょっとそこまで……」

そう云っているうちに、とり子は、ふと、寒気に待っている母親のことを思い出すと、恥も何も忍んで、やっぱり助力を乞うより仕方がないと思った。

「そこまで、母を連れて来て、ちょっと買い物を思いついたものだから……」

秀一は、疲れているとり子の容子を見て、呆やりと立ちつくしていたが、その表情の中にはとり子に対して一片の愛情すらもないのだ。

「僕も、いま、一文もないのだけど、ちょっと待っている？」

そう云って、つかつかと露地へ這入って行った。その待っている間が、とり子にとって汗の出るほどな辛さであった。何度か駈け出そうかとも考えたが、それもなし得ず、母親がとり子を待っているような姿で、とり子もまた、秀一を待って呆やり立っていた。

別にいくら借用したいとは云わなかった秀一から二円の金を掌へ受けた時は、とり子は自分の身のおちぶれを感じ、何にともない憤りを感じるのであった。すべてが、自分に冷いのだ。それがあたりまえと思えと、何かが叫んで嗤《わら》っているようなのだ。

活動小屋の横まで小走りに走って行くと、母親は涙を浮かべて、小さくしゃがんでいた。

「待ったでしょう！」

「ああ、もう、お前は戻らぬかと思うとった。見物になぞ、来るんではなかったよ」

「御免なさい。中々向うのひとが帰らぬので待っていたの……」

「まア、それでもよかった。寒うて寒うて、年寄は冷えるのが、いっち芯にさわるで、歩いて見たり立って見たりしよったが、もう軀《からだ》が痛うなって、しゃがんでしもうて、ここでもらしてしもうたぞい」

見れば、露地の塵芥箱《じんかいばこ》の横に、母親のもらした尿水が凍っていた。それを見ると、とり子がたった二円でも、借りてこられたことは大出来なのだ。

「まずまず、温かいもの、さ、早く歩いて下さい。悪かった、悪かった……」

しなびて冷くなった母の手を取って、とり子は温かいものを食べさせる飲食店を探して歩いた。

秀一の家のまわりで、物を食べるのは気が進まなかったが、母親を歩かせるのは可哀想なので、一町ほども活動小屋から離れた、小さい食堂へ這入った。

牛なべ。二十銭。

鶏なべ。二十銭。

はまなべ。十五銭。

よせなべ。十五銭。

これらの温かい文字が、まるで霰《あられ》のように、とり子の脳天を射す。

「何にしましょう？」

母は、「もう何でもいいとわぬ」と云って、椅子の上にこちんと坐った。寒い風に吹きさらされていたお蔭で、部屋の中はパン屋のように温かい。手焙《てあぶり》に手をかざして、母親は子供のように涙や鼻をすすった。

とり子は牛なべを一つずつ注文して、酒を一合ばかりつけて貰った。熱燗にして貰って、まず母に差し、自分も手酌で一二杯あおったが、酒は冷えた食道を伝わって、軀の芯に沁み込むようであった。

「ああよう燗が出来とる」

機嫌のなおった母親を見ると、とり子はかえって涙が出そうになるのであった。さっきまでの、厭な気持ちは、酒で吹き飛んでしまったが、反対に色々な思いがこみあげて来て、何か男性への復讐をしてやりたいようなざんにんな心にもなる。

鍋のものが、ぐつぐつ泡をこぼして煮え始めた。支那蕎麦を食べている苦学生のような青年が一人で、食堂はしんとしていた。

「お母さんは、本当に、田舎へ帰りたいの？」

「田舎へのう……」

「戻りたいと尋ねてるのよ」

「別にもどりとうもないが、お前の所におるよりはましじゃ……」

「そうね……」

田舎と云っても、小さな藁屋根が一軒あるきりで、近所の畑を手伝いながら食べて行っているのであった。とり子には四つ違いの兄があったが、満洲へ行っているとかで、早十年近くも音信がなかった。

「ねえ、いっそ、帰らないで、私といっしょに暮しましょう……」

「そうすれば、わしも安心だけど、そうもなるまい」

巾着のような口をすぼめて、紅いかまぼこを母親は美味そうに噛んでいる。酒は大半とり子が干してしまった。頭から上は、どこかへ置き忘れたようにいい気持ちであった。吸物と飯を食べ、六十八銭払った。

やっと温まって外へ出ると、母親は、もう、どこも見たくはないと云い出したので、とり子は、一世一代の思いで円タクを呼び止め、郊外の町まで、自動車を走らせるのであった。――お金さえあれば何と楽しい浮世なのであろう。バックミラーに写る自分の顔のやつれにとり子はつくづく梟のようにちょこなんとなるのだ。

いまの良人と別れてしまうことも考えるのであったが、それも別に悲しくはなさそうだ。愛していないのかも知れぬ。良人の愛情は、まるでまるで女中のような愛しかたなのであった。

良人は小説を書いていたが、少しも売れなかった。月々三十円も這入れば、何とかやりくりの方法もあったが、月月十五円がむずかしいのであったから、夫婦の生活はまるで綱渡りのようなものなのであった。

食えない者同士が、お互いに寄りあって暮していると云うきりで、あんまりみじめな月日が続くと、愛情も、動物と変りがなくなって来る。毎日毎日、喧嘩のようなことが続いた。

「ねえ？」まだ、中々道程《みち》がある。

とり子が、気持ちよさそうにしている母親に話しかけると、

「生まれて、こんな気持ちのええものは初めてだぞ、わしは、はア、さっきから吃驚してしもうて……」

「そんなに、いい気持ちですか？」

「ああ、とてもゆっくりして喃《のう》、それにぬくいけに……」

とり子は子供のような母親を見て、くすくす笑った。

酒も飲んだり、温かいものを食べたり、自動車にも乗ったりで、その夜は、母親は鼾《いびき》をたてて眠っている。極楽の夢でも見ているのであろう。寝床と云えば、座蒲団を四枚並べ、あるだけの着物をかぶっているきりだった。――良人の寝床は、それでもまだ、寝床らしい満足な蒲団で、枕元に電気をつけたまま本を読んでいる。

俺は威張っててやるぞと云った、太々しい良人の容子を見ると、とり子は静かな血が、いっぺんに逆流して来て、その枕元の灯を蹴ってでもやりたいような荒々しい気持ちになった。

「貴方は、私の母親が来たのが、そんなに不平なのですか！」

「不平？」

「ええ不平でなくちゃ、こんなに可哀想なこと出来ないじゃありませんか！」

「俺は亭主だよ。何もぺこぺこする事はないよ」

「ぺこぺこして下さいとは云いませんよ。だけど、せめて蒲団の一枚くらいは貸して下すってもいいでしょう！」

「求めた客ではなし、そんなことを云えば、なおさら貸したくはないね」

意地悪く歪めた唇は、これも長い間の貧乏のさせるわざだと、充分、良人のひねこびれた心は判りながら、それは他人に用いていい意地悪さではないかととり子は心に泣くのであった。

「私の親は貴方の親じゃありませんか、しかも貧乏な田舎のひとなのですよ。肉親へ向ってまで意地悪くしないでいいでしょう！」

良人は、急に形相を変えて立ちあがった。立ちあがるやいなや、蒲団を引きずって、玄関の母親の寝ている部屋へ投げこむと、自分はマントを引っかぶって「お前もあっちへ行ってくれッ」と云って横になって眼をつぶったが、流石に寒いのかまた立ちあがると、マントを引っかけ、飄然と戸外に出てしまった。——孤独で貧乏で半生を暮した、良人のひねこびれた心のうちに、いまでは、とり子はつばきをしてやりたくさえなった。

「どうしたんかや？」

眠っていた母親は、いまの騒ぎで、吃驚してしまったのか、哀れな寝床から首を出して、うなだれている娘を心配そうに眺めた。

「いいのよ」

「わしは、これで沢山なんだぞ喃《のう》、田舎者は蒲団なぞいらんぞい、ええ？」

「いいのよ！　もう、私も覚悟しました。あんまり私も卑屈になりすぎていたんですよ。とてもこんな生活は墓穴を掘っているようなもんです」

「出て行きなさったようだが、行って呼んでこいでえのか？」

「いいったら！　ほっておいた方がいいのよ。私が、いつも負けすぎて、呼びにばかり行っていたから、あんな我がままになったの、でも今度の場合は他人よりも酷いじゃありませんか！」

とり子は、荒々しく立ちあがると、玄関にしっかり錠をおろした。その手つきには、

「かまうものか」と云ったところがある。

「さア、母さん！　たった二人きりよ。蒲団を敷きなおして、二人で温かく寝ましょう。ねえ、さア、さア、ちょっと起きて頂戴」

「まア、呼んで来んさい。あのひとは寒かろさ……」寒いにちがいないのだ。このひどい風の中を歩いている姿も見えるが、遠くの町通りを、火事のサイレンがぶうううと唸って走っている。とり子は、頭を振り払うようにして、良人の書斎に蒲団を敷き、厭がる母親を引きずるようにしてその寝床へ寝かせた。

「ねえ、母さん。明日は、私と二人でこの家を出ましょう。このありさまで、一生ゆけるものでもないし、星の悪い二人が結びあっていたら、どっちか殺されてしまうわ……私、ねえ、働きますよ、まだ若いのですもの……」母親は、始めて、声をあげて小さく軀を縮めて泣いた。

「この様子では、婿さんも、仕合せそうではないが、それじゃと云うて、安穏にお前と二人で楽をしよったら、婿さんも気の毒ではないかの？」

「そんなことを云っていたら、誰も仕合せになれる人はないじゃありませんか。私は、つくづく平和に、安穏になりたいんですよ。毎日毎日睨みあいでは、あのひとも仕事が出来ないし――私、どこへでも当分勤めて、産婆にでもなってみようかと考えるのよ。

ねえ……」

ごおうっと風が唸って軒を吹く。

眠りながらも、とり子は、良人が戸を叩きはせぬかと冷冷した。母親はもう眠がさえて眠られないのか、呆やり寝床の中から燈火を見ている。まるで魚のように気力がない。

「お母さん」

「………」

「お母さん、どっか悪い？」

「いいや……どこも悪うはないが、お前の身を考え、わしの身を考えて、呆やりしてしもうた。あああ」

「大丈夫！　これから、仕合せになれますよ」

とり子は起きあがると、火鉢に紙屑を燃して、部屋をあたためながら、家出してゆく荷物を造り始めた。荷物と云っても何もないのだが、そうしている気持ちは、何だか、甲斐性のない自分をりりしくしてくれるようであったから。――

喧嘩

中島敦

＊――中島敦が学生時代に描いた家族の物語

（一）

おかねにとっては息子《せな》の貞吉が腹膜炎とかで、始終ぶらぶらしているのがはがゆかった。事実ねながら談笑している顔や言葉つきには少しも病人らしい所がなかったからだ。で、いつも貞吉のことから、この家には喧嘩が起るのであった。漁師の家に長男と生れたものが、こんなに遊んでいては家が立って行くわけがない。第一、死んだ貞吉の父親――おかねの亭主――にすまない。とこう、おかねは寝ている貞吉に絶えずくりかえすのであった。

すると、それを聞いて貞吉の代りに、妻のとりが腹を立てるのである。

病気のものは仕方がない。貞吉の代りには自分がこうして、毎日どこか、日雇《ひやとい》に出て働いているではないか。病人にそうがみがみ言ってはますます病気を悪くするばかりだ。けれども勝気なおかねには、この嫁の言葉も癪にさわった。とりが働くのを恩にきせられているように思われたからであった。

貞吉は病気だといっても、見た所、どこが、どう悪いのだか分らない。こんなのを遊ばせておくのは不経済だ。それはまあそれとして、とりは自分が働きに出るのを大変自慢にしているようだが、自分だって大抵はどこか、女中になってかせいでいるではないか。

そういって、おかねは嫁にくってかかる。そこへ貞吉の祖母が出て来ては、嫁に味方しておかねを叱る。おかねは、ますます猛り立ってくる。その中に貞吉の末の妹の十二になるさとが帰って来て、生意気に兄に同情する。おかねは怒ってさとを殴りつける。嫁がこれをとめる。さとが泣き出す。……こういった喧嘩が屢々《しばしば》くりかえされるのであった。

その日も、そうした争いだったのである。

おかねもその日は日雇いで、汽船に薪を積みこみに出たので、少し遅くなって帰って来た。そして飯をすまして畳の上に長々とねころぶと、殆んど習慣的に、その日の労働のつらかったことをぶつぶつ云い出した、それから自分が、もう若い時のようには働けなくなったこと、そしてそれにつけても貞吉のふがいなく思われることまで、つい口に出してしまった。すると、いつもは大人しく黙っている貞吉も、その時はどうかしていたと見え、心持むくんだ青黒い顔を持上げて、腹立たしげに云ったのである。

——俺だって何も贅沢でねてるんでねえだ。

母親は幾分おどろきながら、でもいまいましそうに貞吉の顔を見つめた。とにかく黙ってひっこむわけには行かない。

——何《あん》だ。贅沢でねえと。何《あに》が贅沢でねえだ、贅沢だとも。そのくらいが、病気だか。今度は側に居た嫁が承知しない。

——病人に働けっては、無理でねえか。おっかあも、あんまりだに。医者様に一度見て貰った時いわしったよ。じっとしてなけりゃいけねえって。

——医者が何だ。医者のいう通りにすりゃ、働けるものは一人もねえよ。第一医者に見て貰ったのが、悪かっただ。贅沢すりゃ、きりが無え。

すると、いつのまにか家に入って来ていた祖母が口を出した。

——お前も親なら、も少し貞吉をかあいがってやってもええでねえか。とりも働くんだし、何も食えねえんでねえから貞吉一人ねかしといてもええでねえか。

――そりゃ、おっかあがあんまり甘すぎるだ。あのくらいの病気は浜へ出りゃ、すぐ治るだに、ぐずぐずねてるだからなお悪くなる……

こういいかけたおかねは、その時ふと、部屋の隅に這入って来た子供のさとを見つけた。彼女は母親の猛り立った顔を眺めて「またか」といった様子で、意地の悪い冷やかな笑を浮べながらじろじろと部屋の中を見ていた。おかねはその目付を見附けるとかっとなって、物凄い目でさとを睨《にら》みつけた。さとは小さくなって横を向いてしまった。

ねている貞吉を側にして、しばらく口論が嫁と姑と祖母との間に取り交わされた。おかねは顔を真赤にして、二人を罵った。二人はおかねを情しらずだと云った。

――みんなぶらぶら遊ばせておいてお前たちはこの家をつぶす気かね、そんなことにでもなれば、死んだ父《とッ》さんに申し訳がねえ。

――それだって、お前、もし貞吉を殺したらなお申し訳がねえでねえか。それとも、お前伜《せがれ》が死んでもええのか。

――ええとも、ええとも。――激し切ったおかねは今にも泣き出しそうになりながら続けた。

――みんな死ぬがええだよ。ほんとにおい一人が心配してりゃ、みんなよってたかって、おいをいじめて……

しばらく沈黙が続いた後、これも目に涙を泛《うか》べていた嫁が突然こんなことを言い出した。

——おっかあは妬《や》けるでねえのか、おいいと旦那（房州の方言、自分の亭主のこと）と、仲がいいで、妬けてるでねえのか。そうでなきゃ、こんなこと、いつも言う筈がねえ。ほんとにいい年をして、……

それを聞くと、おかねはものが言えなくなってしまった。今にも落ちそうな涙をこらえながら、嫁と姑とはしばらく睨み合っていた。

×

その晩、おかねは中々ねつかれなかった。おかねが夫をなくしてから、ずっとある情夫をもっていたこと、そしてその男をこの春、他の若い女にとられてしまったこと……それは、その村では、誰も知らないものはなかった。おかねはさっき嫁にこのことをあてつけられたと思った。

——何ちゅう憎らしい嫁だ。——追い出したいけれど、貞吉にも祖母にも気に入っている以上仕方がなかった。ほんとに殴り殺してやりたい……そんなことを思いながら、床の中で歯をかんだ。

（二）

翌朝、おかねは誰よりも早く眼をさました。するとたちまち前夜の喧嘩が思い出された。けれども根が人の悪くない彼女のことで、その前夜の烈しい怒りはもう大部分消えていた。しかし、口惜しいことは口惜しい。それに、昨夜あんなに怒っておいて、今更、何にもしないで、ひっこむなんて、体裁が悪いではないか。だから、とにかく何とかしてやらなくてはならないと思った。そこで彼女は着物もそのまま、そっと気づかれないように外へ出たのである。一つどこかへ隠れて心配させてやろう。

まだ海の上もうす暗かった。人通りも無かった。浜から山の方へ道をとりながら、彼女はも一度、どうしてやろうかと考えた。何でも癪だから、しばらく家にかえらないでいてやろう。そして彼女はとにかく、人に見られないように山の松林の中へ這入って行った。その林の中で、約一時間も、前夜のことなど思い出しながら、ぼんやりしていると、その中にようやく、太陽が昇って来た。松の間から下を見下すと、露に濡れた線路が今出た日に光って、青々と続いていた。東京へ行く鉄道であった。東京には彼女が小さい時から育てた姪がいる。おかねはそこへ行って、二三日泊って来て、家の者を驚かしてやろうかと思った。が、考えて見ればおかねは一銭の金も持たずにとび出して来たのであった。東京へ行く所ではない。それに家のものはもう起きたに違いないから、今金は取りにかえられない。

仕方なく、おかねは、松林から出て北の方へぶらぶらと歩き出した。そして、やがて大行寺という法華寺に来た。朝のつとめはもう済んだらしく、本堂には燈明がともり、広くがらんとしていた。彼女はその庭の隅に立って時を過した。新しい石碑の側に茂った、紫陽花《あじさい》がもうやがて咲こうとしていた。そのまわりに、古い卒塔婆《そとば》が五六本立っていて、その上に亭々と立つ欅《けやき》の梢を洩れて、午前の陽がちらちらと明暗の斑を落していた。それを見ている中にふと、彼女は自分が前に下女をしていたことのある、ある東京の人の家へ行こうかと思いついた。度々彼女も出入していたので、そこなら少しくらい金を借してくれるかも知れなかった。そして、その金で東京へ行けることになるかも知れない。

ところが彼女が寺を出て、めざす家に来て門をあけた時、そこの女中が出て来て、にやにや笑いながら云ったのであった。

——おかねさん、昨夕喧嘩したんだね。お前の所のお婆さんがさっき、ここへ来て、いってたよ。今朝早くおかねがどこかへ行ったが、もしやここへ来なんだかって。それから、どこかへ汽車で行くといいけねえから金を貸してくれんなって。——

おかねは早々にその家を飛び出した。何という卑怯な奴だ。こんな所にも先廻りしてやがる。おかねはぷんぷんしながらどことということなしに、野を歩きまわった。むれるような草いきれであった。所々、まだ小さい、もろこしの葉の上に六月近い陽が強く射していた。実に時間の経つのが遅かった。彼女は今来た道を引返した。それからまた後戻りした。そしてその路を五六度往復している中に、たまらなく空腹を感じ初めた。もうかれこれ正午であった。朝から何も摂っていないのだ。何しろ金を持って来なかったのが痛かった。それに今更家へ帰れたものではない。仕方がないので、どこか、知り合の家に行って馳走になろうと思った。が、とにかく浜へは――自分の家の者に見られて、笑われるから――行けなかった。で、これもやはり、彼女が昔使われていたことのある家を思い出して、そこに行くことにした。ところが行って見ると、もうその家では、午食がすんでいた。しかも、いつも彼女が出入する時も、そこでは大抵飯をよばれない習慣だったので、遂におかねは午食にありつくことが出来なかったのであった。大いに失望したけれど、仕方がない。誰が家になぞ帰ってやるものか。

時間を経たせるため、彼女は長い間そこで話しこんだ。するとその中に、塩せんべいが出た。そこで彼女はそこの奥さんが驚くほど速くぱりぱり噛り初めたのであった。――大分気に入ったようだね。――とからかわれても、彼女には笑えなかったのである。

せんべいがすんでから、今度の新しい村長さんの話、今年の避暑客の見込、近くの祭の話などをして、なるべく時間を経たせてから、その家を出たのは五時頃であった。

もう家へ帰ろうとも思った。が、彼女の中のも一つの気持がそうさせなかった。いくら腹は空いても、帰るのはまだ業腹《ごうはら》であった。しかし空腹はしきりに彼女の気を弱くさせようとしていた。そこで彼女は、また前夜の喧嘩を思い出すことによって、その憤りを再び新にするように努力しなければならなかった。帰るとあいつ等に負けたことになるんだぞ。そう考えて、おかねは再び朝登った山の方に向った。そして、その松林の中の草の上に横になったのであった。腹は勿論甚しく空いていた。が、こうなれば意地だ。うんと心配させてやらなければならない。…………その中に前夜来の睡眠不足から彼女はいつの間にか、うとうと眠りはじめた。

×

眼覚めたのは八時頃であった。その時彼女が真先に感じたのは、鈍い下腹の痛みであった。腹の極度に空いた時、誰でも感ずる変な腹部の感じであった。実際、もう意地も我慢もなかった。早速起き上ると、大急ぎで山を下り始めた。足が少しふらふらした。道は暗かった。海には漁火《いさりび》の沢山列《なら》んでいるのが見えた。松の根につまずいたり、石にころんだりしながら、彼女がやっと家に帰ったのは、もう九時近くであったろう。無造作に枯れた竹を立てかけた垣から、ちょっと中をのぞくと、暗い電燈の下にとりゝが祖母と話しながら何やら綴っているようであった。

――家がよくって帰ったんではない。腹が空いたから、仕方がないんだ。嫁や母に負けたんじゃないんだぞ。――と、よく自分に云いきかせながら、おかねはそっと裏から這入って行った。下駄の音に中にいた二人は、ギョロリとこちらを見た。二人とも黙っていた。ほやの欠けた五燭の電燈の下に、勝誇った四つの眼が冷たく光った。おかねはそれを見ないふりをして、大急ぎで台所にとび込んで、いきなり鍋の蓋を取って見た。小鰺《こあじ》の煮たのが三つ四つころがっていた。おはちにも彼女の食べるだけは、はいっていた。

――帰るに違いないと思って、取っといたんだな。畜生、負けたんだ。――

この考えが少し彼女を不愉快にした。が、今はそんなことを言っている場合ではない。おかねは、左手に飯を掴んでほおばり、右手で小鰺を取って、頭からぼりぼりと噛り始めたのであった。

時任爺《ときとうじい》さん

梅崎春生《うめざきはるお》

＊――終戦直後の意地の張り合い

昭和二十一年の四月十日夜、僕は時任爺《ときとうじい》さんと喧嘩をした。

どういういきさつだったからか、もうはっきりは覚えていないけれど、僕が買ってきた朝鮮濁酒《どぶろく》を二人して飲んでいるうちに、話が戦争の話になり、僕が戦争の悪口をさんざん言っている中に、時任爺さんがしだいに怒り出してきたのだ。どんな気持で怒り出したのかよく判らない。

「戦争に負けてよかっただなんて、あんたそんなことを言ってもいいのかい」

言っていいにも悪いにも、真実そう思っているのだから仕方がない。承服出来る訳あいのものでない。だから僕は前言を取消さず、ますます言いつのる。今思うと、相手は爺さんだから、手加減すればよかったのに、生憎《あいにく》僕の身体には、濁酒の酔いが回り過ぎていた。どうも朝鮮濁酒という飲料は、僕には抑制力を失わせるように働くようだ。

「いいとも。いいとも。言って何が悪いんだい」

「何が悪いって、悪いにきまってるじゃねえか。第一、戦死した何百万という人に、そんなこと言っちゃ済むめえ」

「戦死した人は戦死した人さ。おれたちは生きてるんだよ。生きて酒を飲んでるんだよ。安楽に飲んでるところに、戦死者を引っぱり出すなんて、その方がよっぽど悪いや」

そんなことを言い合っているうちに、時任爺さんの顔がしだいにどす黒くなり、額ににょきにょきと青筋が立ってきた。時任爺さんは生来の癇症《かんしょう》で、戦争前は屋台のスシ屋で、その頃もよくお客と喧嘩をした。爺さんの屋台スシは七箇で十銭で、形は小さかったけれども、小額の金でたくさん食ったような気分になるから、割に繁昌《はんじょう》した。〈時寿司〉という屋号で、僕もその頃お客の一人として、時任爺さんに知り合ったのだ。僕なんかいい顧客だったが、それでもその頃二三度、爺さんと喧嘩したことがある。その頃から爺さんは立腹すると、顔がどす黒くなり、青筋がもりもりとふくらんだ。怒るのにふさわしい、都合のいい顔だった。

「どうしても取消さねえというのか」

気分を落着けるためか、濁酒を入れた瓶を耳のそばに持って行き、爺さんはことことと振った。僕は答えた。

「そうだよ」

瓶をどすんと畳に戻し、時任爺さんは思い切ったように言った。

「では、仕方がねえ」

「じゃあこの家を出て行って貰おう。おれの家なんだからな。明日にでも出て行って貰おう。そんな不当なことを言うやつに、部屋は貸しておけねえ」

僕は黙っていた。すると爺さんはたたみかけた。

「明日だぞ。明日、とっとと出て行ってくれ」

そのままふらふらと立ち上って、自分の部屋に戻って行った。自分の部屋と言っても、三つしか部屋がない掘建小屋で、唐紙《からかみ》や障子も破れたりへし折れたりしているから、全体がひとつの部屋と言っていい。その玄関に当る部屋を数箇月前、僕は時任爺さんから借り受けたのだ。ちゃんと間代は払ってある。爺さんは戦時中に婆さんと死に別れ、息子が一人いるが、これがだらしない息子で、横浜の方の会社に勤めていて、当時で月給を六百円以上取っていたが、給料を貰ったとたんに進駐軍のチョコレートを二百円も買い込み、一晩で食べてしまったりして、ろくに爺さんに金を入れない。だから爺さんとしては、僕の払う毎月の部屋代を、大いにあてにしているのだ。

そこで僕も面白くなくなり、どたんばたんと蒲団をしいて眠った。

翌朝、時任爺さんが僕の蒲団のそばに立ちはだかり、足で僕を揺り起した。

「今日だぞ。今日、とっとと出て行くんだぞ」

「判ってるよ」

僕もむっとしてはね起きた。他人を足で起すなんて、言語道断のやり方だ。見ると爺さんはまだ青筋を立てている。戦争前のスシ屋時代は、怒っても三十分も経つと元の顔になったもんだが、一晩越しても青筋がとれないなんて、年齢のせいで身体や気持がこちこちにこわばっているのだろう。

「手続きを済ませて、とっとと出て行くよ」

時計を見ると九時だ。外に出て小川で顔を洗い、それから外に飛び出した。飯なんか食っている暇はない。町会、営団、煙草屋など回った。下駄の鼻緒ががくがくしてきたので、煙草屋で鼻緒を買った。十一円五十銭だ。それからとっとと登戸の駅前に来ると、地べたにむしろを拡げて、いろんな露天商が店を出していた。その一つ一つを横目で見ながら歩いていると、下駄売りがいて、それが時任爺さんぐらいの年頃の老人で、水洟《みずはな》をすすり上げながら、ええ安い下駄、ええ、途方もなく安い下駄、と調子をとって歌っていた。

見ると安い方の下駄が八円で、高い方のが十円だったので、僕はもうむらむらとして、ポケットの鼻緒をにぎりしめた。ちょっと見た感じでも、僕が買った鼻緒と、八円のやつの鼻緒と、品質はほとんどかわりがなかったからだ。鼻緒だけで十一円五十銭だというのに、こっちの方は八円で、しかも台までついている。

それで気分をこわしたから、更に足早になって、とっとと家に戻ってきた。家に戻ったとたんに、下駄の鼻緒がぷっつり切れた。

「ちくしょうめ」

声には出さないが、そんな気持で玄関に飛び上り、せっせと荷造りを始めた。荷造りはまたたく間に済んだ。僕の荷物というのは、蒲団だけだったからだ。復員して来て、蒲団だけ持って上京、電車の中でぱったりと時任爺さんと再会、そして誘われるまま爺さんの家にころがり込んだのだから、それも当然だ。

もっともこの数箇月で、生活のかすみたいながらくた道具がたまったが、それはさっぱり燃すことにきめた。がらくたなんて手足まといだ。いくら物がない時でも、物に執着するようでは、強く生きて行ける筈がない。

僕は玄関の上り框《がまち》に腰をおろし、おもむろに下駄の鼻緒をすげ替え始めた。あのいまいましい鼻緒でだ。上り框の下には、俵にくるんでさつま芋が一貫目あまりころがっている。一週間ほど前、買出しに行ってきたその残りだ。それを見た時、やっと空腹が僕にやってきて、腹の虫がググウと啼《な》いた。

「おおい。爺さん」

僕は首を奥にふり向けて呼びかけた。

「爺さんは朝飯を食ったかね？」

返事はなかった。いないわけではない。唐紙《からかみ》や障子が破れたりへし折れたりしているから、部屋の真中に向うむきになって、うずくまっている時任爺さんの姿が見える。この爺さんが朝飯を食ったかどうか、わざわざ訊ねてみないでも僕には判っているのだ。同じ家に住んでいるから、そんなことぐらいすぐ判る。昨夜濁酒を飲み始めた頃、明日芋の買出しに行こうと向うから持ちかけたのだから、爺さんの食糧の手持は底をついたにきまっている。

「ここに芋がすこし残ってるから、お別れのしるしに、一緒に食べないか」

「いやだ」

声が戻ってきた。

「食うんなら、お前だけで食え！」

「だって爺さんは、朝から何も食ってないんだろ」

「食っても食わなくても、余計なお世話だ」

「おいしいよう、焼芋」

僕はわざと声を大きくしながら、芋を俵ごとごそごそと引きずり出した。

「お庭で焼いて食うんだよ。爺さんも一緒に食えよ」

「まっぴらごめんだ」

針金のような声が飛んできた。まだ額に青筋を立てているにちがいない。

僕は芋俵を庭に運び、更にがらくたをえっさえっさと庭に運び出した。庭というのは、爺さんの部屋の前にあるのだ。がらくたを底に置き、芋俵をその上に乗せて、マッチで火をつけた。俵一枚では足りそうになかったので、そこらをかけ回って空俵二枚を探し出し、火にたてかけた。

火は景気よく、面白いようにぼんぼん燃えた。芋が焼けてくるらしく、焼芋のにおいが立ち始めた。

すると破れ障子をひらいて、たまりかねたように時任爺さんがのそのそと姿をあらわした。丼を手に持っている。縁側に大あぐらをかいた。丼を膝の上に置き、指でつまんで、小量ずつをむしゃむしゃと食い始めた。

その丼の中に何が入っているか、わざわざのぞかないでも、僕には判っている。ヒネタクアンと土筆《つくし》の煮付けだ。ヒネタクアンは稲田堤《いなだづつみ》の百姓からゆずって貰ったもの、土筆は多摩川べりから摘《つ》んできて、それを代用醤油で煮付けたものだ。あんなもの、いくらむしゃむしゃ食べたって、腹の足しになるわけがない。足しになるわけがないと言っても、芋のにおいに刺戟されれば、それでもつまむ他はないのだろう。

天気がおそろしく良かった。まるで天の底が抜けたように、雲が一片も見えないし、風もそよとも吹かなかった。がらくたと俵は勢いよくぼうぼうと燃え、煙はまっすぐ一筋に空に上り、やがて燃えつきて下火になってきた。がらくたは燠《おき》になり、俵はそのままの形で灰になった。灰になっても、風がないから、俵の形はくずれない。

僕は縁側に、時任爺さんのすぐ前に新聞紙をしいた。台所から竹箸《たけばし》を探し出し、燠の中から焼芋を一箇ずつつまみ出し、縁側にかけ寄っては、一つ一つ新聞紙の上に並べた。数えて見ると、拳固ぐらいの大きさのが、一ダースあった。一ダースの芋はこんがり焼け、ほやほやと旨そうな湯気を立てていた。僕は縁側に斜めに腰をおろし、時任爺さんの顔を見た。

「爺さん。食べろよ」

「いやだ」

土筆をつまみ、口に放り込み、不味《まず》そうににちゃにちゃと噛んでいる。額にはまだ青筋を立てている。見るまいと思っても、どうしても視線が焼芋の方に行くらしく、爺さんの表情は苦しそうだった。

「そんなに強情を張らないで、食べたらいいじゃないか。あんまり腹をへらすと、身体に毒だよ」

「余計なお世話だ。おれは食いたい時、おれのものを食う。お前のものは、お前が食え」

「おれも食うよ。しかしここに、こんなにあるんだから——」

「こんなにある？　たったそれっぽっち」

時任爺さんはおそろしく軽蔑したような口をきいた。

「それっぽっち、一人で食えねえのか。若いもんが何というざまだ」

「なに」

僕もいささか腹を立てた。

「食えるよ。折角《せっかく》半分食わせてやろうと言うのに、食わないんなら、おれひとりで食っちまうぞ」

「ああ食いな。ぞんぶん食いな。おれがここで見ててやるからよ」

僕は憤然と芋の一箇をつまみ上げた。口に持って行った。一ダース全部を食う自信はなかったが、もうこうなれば、食い尽さなければいけなくなった。僕は縁側に飛び上って、時任爺さんと向い合って大あぐらをかいた。土筆の煮付けを噛む爺さんの顔を、真正面に眺めながら、むしゃむしゃと僕は焼芋を噛んだ。

三つ目ぐらいから、僕はしだいにかなしくなってきたが、それに負けないために眼を大きく見張り、意地になって芋を食い続けた。

首を売る店

＊——首売りによるおかしく不気味な喧嘩の話

火《ひ》野《の》葦《あし》平《へい》

お城の前で、水色の三角帽をかぶった、背の高い、青ひげの男がこんなことをいいはじめました。

「わたしはこの頃おもしろい商売《しょうばい》をはじめました。それは首を売る商売です。どんな首でもない首はありません。いつでもおのぞみによって首をおとりかえしてあげます。もしあなたがたのうちで、顔におけがをなさったり、やけどをなさったり、トンビに眼をつつかれてめくらになったりなさったかたがあれば、えんりょなくわたしの店にお出でください。おのぞみのお顔とおとりかえをしてあげます。

首はどうしてつくるんだって？

なに畑でさいばいするのです。ちょうどカブラをつくるのとかわりはありません。タネをまいて、こやしをやって、そだてるのです。タネは上等ですから出来る首もとびきり上等なものばかりです。

そのタネはどこからもってくるかって？

いやいや、これだけはもうされません。これをもうしあげると魔法使《まほうつかい》の一寸法師がわたしのいのちをとってしまいます。

さあさあ大安売です。それそれ、そっちのあんた、そんな顔をしていると人が笑います。どうです、この首をお買いになっては？　や、これはどうもありがとう。——やあ、すっかり見ちがえるようになった。まるでお人形のようだ。え、あんたも？　どれがいいですか。このリンゴのようなほおぺたをしたのが？　ふん、や、どうもすっかり見ちがえちまったなあ。え？　あんたも？　それから、あんたも？　さ、さ、さ、さ、そんなにみんなで一ぺんに、手を出してはいけません。じゅんじゅんにです。それ、それ、そっちのあんた、横から手を出しちゃずるい。そら、そら、そら、そら、そら、そら、そら、——これでみんなだ。今日はすっかり売れちまった。あとはあしただ。

ところでみなさん、今日はみなさんがごひいきにして首を買ってくださったお礼に、このじじが一つおもしろいお話をきかせてあげましょう。しまいまでだまってきいているのですよ。

むかしむかし、——といい出すだろうと思ったら、それが大きなまちがい、いまもたったいまの話です。わたしが首をならべて口上をのべていたところが、そこに一人のばあさんがやってまいりました。そしてわたしのいうことをじっときいていましたが、

「わしにも一つ。」

というのです。でわたしは、

「どれがいいのでしょう。」

というと、

「これがいい。」

といってばあさんは小さい女の子の首を買って行きました。

するとそのあとから一人のじいさんがやって来ましたが、

「わたしにも一つ。」

といって、そこにあったさっきのばあさんの首をとりあげました。じいさんはひどい近眼だったもんですから、ばあさんの古い首だということがわからなかったのです。じいさんは自分の首とばあさんの首ととりかえて行ってしまいました。

それからいろいろな人が来て、いろいろな首を買って行きました。

ところが——さあ、これから、よく気をつけて聞いていないと話がわからなくなりま

すよ、――ところが、しばらくしてさっきのじいさんとばあさんとがやって来ましたが、ばあさんの方が、ほら、ばあさんはさっきいったように顔だけ女の子になっていたのですが、じいさんの方を見て、じいさんといっても顔はばあさんなんですが、こういうのです。

「おやおや、お前はわしではないか。」

するとじいさんは、いやむかしのじいさんのいまのばあさんは、なんのことやらわからず、きょとんとした顔でなにもいわないのです。するとばあさんは、いやむかしのばあさんのいまの女の子は、

「なんてわからんわしじゃろう。こらわし、お前はわしじゃないかというとるのがわからんのかい。わしのくせにわしがわからんなんて、なんてわからんわしじゃろう。」

となんだかさっぱりわけのわからないことをいい出したのです。じいさんのばあさんはあいかわらずきょとんとしています。

するとこ急にむこうから一人のじいさんが走って来ました。このじいさんはばあさんの御亭主《ごていしゅ》なんですが、そこに立ってきょとんとしているばあさんをてっきり自分のおかみさんだと思って、急にえり首をつかんで、ぽかぽかとぶんなぐりはじめました。じいさんのばあさんこそいいさいいなんです。

「こら、ふといばばめ！　ブタのちっうづめこしらえとけというとったに、どうしてこしらえとかんか。」

するとなぐられていたばあさんが、実はもとのじいさんなんですが、

「なにをするんじゃ。そんなことするとひどいぞ。」

とどなり出したのでじいさんすっかりびっくりしてしまったのです。

「このふといばばめ！　ていしゅにむかってなんちゅう口をたたくんじゃ。」

「ていしゅたなんだ。」

「おやおや、きさま気がちがったな。」

「きさまこそ気がちごうとる。」

とうとう二人はなぐりあいをはじめました。すると見ていた人たちもすてておけないので二人の間にわりこんでとめようとしました。しかしみな首がちがってるんで、だれがだれやらわからないのです。しまいにはなにがなにやらわからなくなってしまって、まるでめちゃめちゃなんです。はははは、は、は、どうです、おもしろいでしょう。」

男はこういったあとでおもしろくてたまらないように、銀色の歯を出してけらけらと笑いました。するとどうでしょう。知っている顔なんて一つもないのです。子どもたちは急に心ぼそくなってみなしくしく泣きはじめました。自分の顔で満足《まんぞく》しておればこん

なことにならなかったろうものを、といまさら思いましたけれども、もうおっつきません。するとこれを見た水色の三角帽の男はなおおもしろそうに、けらけらいつまでも笑いつづけておりました。

著者略歴

太宰治《だざいおさむ》（一九〇九～一九四八年）

青森県出身。本名、津島修治《つしましゅうじ》。一九三五年に発表した「逆行」が、第一回芥川賞の候補となる。一時は精神不安により入院治療を受けたが、一九三八年頃より、新鮮な作風・価値観で人気を博すようになる。戦後は、坂口安吾、織田作之助らとともに、無頼派・新戯作派と称される。自殺未遂や薬物中毒を繰り返した、破滅型の作家としても知られる。

一九四八年、玉川上水で愛人の山崎富栄《やまざきとみえ》と入水。命日の「桜桃忌《おうとうき》」には、今なお多くのファンが太宰の墓を訪れ、死を悼む。主な作品に、「斜陽」「走れメロス」「人間失格」など。

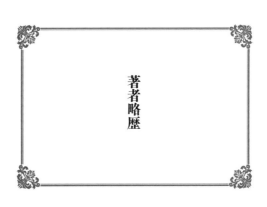

檀一雄《だんかずお》（一九一二〜一九七六年）

山梨県出身。無頼派と呼ばれた作家の一人。幼い頃、母が家に馴染めず出奔、両親は離婚する。この経験が、創作の原点だとされる。東大在学中、同人誌に発表した「此家の性格」で注目される。軍に召集されて一時は創作から遠ざかるが、一九五〇年、文壇に復帰。「真説　石川五右衛門」（一九五〇〜五一）で直木賞受賞。代表作は、自由奔放な生き方を描いた「火宅の人」、料理エッセイ「檀流クッキング」など。私小説から大衆小説、料理本など、執筆ジャンルは多様。太宰治や坂口安吾との交流でも有名（「小説　太宰治」「小説　坂口安吾」に詳しい）。

坂口安吾《さかぐちあんご》（一九〇六〜一九五五年）

新潟県出身。本名、炳五《へいご》。一九三一年、ナンセンスかつユーモラスな「風博士」を牧野信一に激賞され、一躍文壇デビューを果たす。終戦後、人間の価値観・倫理観を見つめ直した随筆「堕落論」、短編小説「白痴」を発表。新時代の文学を担う存在として注目され、人気作家の仲間入りを果たす。太宰治、織田作之助らとともに、無頼派・新戯作派とも呼ばれる。四八歳のとき、脳出血のためこの世を去った。純文学に限らず、推理小説や時代小説、随筆など、多彩な作品を残した。

井伏鱒二《いぶせますじ》（一八九八〜一九九三年）

広島県出身。本名、満寿二《ますじ》。釣り好きが高じて、魚の漢字を筆名に使用。一九一七年、文学を志して早大予科入学。中退後、長く芽が出なかったが、一九二九年に発表した「山椒魚」などで文壇に認められる。一九三八年、「ジョン万次郎漂流記」で直木賞を受賞。代表作は「黒い雨」「荻窪風土記」など。市井の人々をユニークな文体で描き出して、人気を博した。

太宰治や開高健など、井伏の作品のみならず、親しみやすい人柄に惹かれた文人も数多い。荻窪の井伏邸には文士が集い、酒宴や将棋、文学談義に花を咲かせた。

新美南吉《にいみなんきち》（一九一三〜一九四三年）

愛知県出身。本名、正八《しょうはち》。中学校時代より童話を創作。一九三一年、児童雑誌『赤い鳥』に作品が掲載され、北原白秋、鈴木三重吉の知遇を得る。

翌年、東京外国語学校入学。この頃より体調が悪化。卒業するまで二度、喀血を経験する。体調不良に苦しみながらも、会社勤め、教職などと並行して作品を発表。一九四二年には初の童話集「おじいさんのランプ」を刊行。一九四三年、喉頭結核のため死去。短い生涯ながら、「ごんぎつね」「手袋を買いに」をはじめとした児童文学の名作を数多く残した。

芥川龍之介《あくたがわりゅうのすけ》（一八九二～一九二七年）

東京出身。生後間もなく母が精神を病んだため、母の実家芥川家で養育される。のち芥川家の養子となる。

東大在学中より同人雑誌『新思潮』に翻訳作品などを寄稿。一九一六年、「鼻」を発表。夏目漱石に絶賛される。

卒業後、海軍機関学校の嘱託教官に就任。一九一九年に教職を辞し、執筆活動に専念。

今昔物語を題材にした「羅生門」「芋粥」、中国説話によった「杜子春《とししゅん》」などの短編が有名。後には、「歯車」「河童」に見られる自伝的作品も執筆。

一九二七年に服毒自殺し、この世を去った。

水野仙子《みずのせんこ》（一八八八～一九一九年）

福島県出身。本名、服部テイ。

少女時代から文学を愛読、次第に作品を寄稿するようになる。投書雑誌『女子文壇』（文学を志す地方の女性の登竜門）では高い評価を受け、投書家ではなく作家として遇される。

一九〇九年、雑誌『文章世界』に発表した「徒労」が文壇で注目を浴びる。この後、上京して田山花袋に師事。自然主義文学を学び、新進作家として期待される。

一九一一年、同門の川浪道三と結婚。同年、平塚らいてう主催の雑誌『青鞜』の同人になる。一九一五年、読売新聞記者となるも、翌年肺炎に罹って退社。その後は療養を受けながら、執筆活動を続けた。

高見順《たかみじゅん》（一九〇七～一九六五年）

福井県出身。本名、高間芳雄。

父は当時の県知事。私生児として生まれたために、生後間もなく母と上京。麻布にあった父の邸で、父とは会わないままに成長。

東大卒業後、コロムビア・レコード会社に勤務しながら、プロレタリア作家として活動。

一九三二年、治安維持法違反容疑で検挙され、転向。

一九三五年、左翼運動の挫折と虚無を描いた「故旧忘れ得べき」で第一回芥川賞候補となり、文壇の注目を集める。

代表作に「激流」「いやな感じ」「大いなる手の影」など。日本近代文学館の設立や、評論にも注力した。

葛西善蔵《かさいぜんぞう》（一八八七～一九二八年）

青森県出身。

北海道、青森を転々としたのち上京。

一九〇八年、徳田秋声に師事する。一九一二年、広津和郎らと同人雑誌『奇蹟』を創刊、「哀しき父」を掲載。一九一八年に発表した「子をつれて」で、文壇に認められる。

遅筆、貧困、孤独、病気、酒びたりの生活の中で苦しみながらも、自身の経験をもとにした私小説を次々と生み出した。私小説の神様とも称される。肺を病み、四一歳で亡くなる。

破滅的な生涯を送ったために反発する者も多かったが、芥川龍之介や佐藤春夫をはじめ、葛西を評価した同時代の作家は少なくない。

織田作之助《おださくのすけ》（一九一三〜一九四七年）

大阪出身。

三高時代から文学に傾倒。青山光二らと同人誌『海風』を創刊、自伝的小説「雨」を発表する。

一九三九年、「俗臭」が芥川賞候補に、その翌年に発表した「夫婦善哉」が『文芸』推薦作となり、新進作家として評価を高める。

戦後は「世相」「競馬」などで人気を博し、太宰治、坂口安吾らとともに、無頼派、新戯作派と称される。

読売新聞に「土曜夫人」を連載していたときに喀血。一九四七年一月に急死した。死の前年には出版社の企画で太宰治と坂口安吾に会い、新しい文学の可能性について語っていた。

宮本百合子《みやもとゆりこ》（一八九九〜一九五一年）

東京出身。

一九一六年、日本女子大学英文科予科に入学。その直後に発表した「貧しき人々の群」により、天才少女として注目される。ほどなく、日本女子大学予科を中退。

一九一八年、アメリカに遊学。このとき知り合った古代東洋語研究者・荒木茂と結婚するも、ほどなくして離婚。

一九二七年、ソ連に遊学。帰国後は共産党へ入党し、委員長・宮本顕治と結婚した。投獄、弾圧されながらも執筆活動を続ける。戦後は中野重治らと新日本文学会を結成、小説や評論を発表。

主な作品に「伸子」「播州平野」「道標」など。

田村俊子《たむらとしこ》（一八八四〜一九四五年）

東京出身。本名、佐藤とし。一九〇二年、幸田露伴に師事。一九〇九年、同門の田村松魚《しょうぎょ》と結婚。一時は女優を志すも、松魚の勧めで書いた「あきらめ」が、一九一一年に『大阪朝日新聞』の懸賞小説に当選。以降、『青鞜』『中央公論』などに小説を発表。人気作家となる。やがて、松魚と離婚。一九一八年、カナダに渡り愛人のジャーナリスト鈴木悦と再婚。現地の邦字新聞「大陸日報」の編集に関わる。一九三六年、悦の死に伴い帰国。一九三八年、日本大使館嘱託として上海に渡り、婦人雑誌『女声』創刊。終戦直前、同地にて脳溢血で急死。代表作は「木乃伊の口紅」「炮烙の刑」。

林《はやし》 芙美子《ふみこ》（一九〇三〜一九五一年）

山口県出身（異説あり）。尾道高等女学校卒業後、恋人を頼って上京するも婚約を破棄される。下足番や女工、女給など様々な職を転々としつつ、日記をもとに自伝的小説『放浪記』を執筆。一九三〇年に刊行されるとベストセラーになり、一躍流行作家になる。『放浪記』の印税で中国へ渡航。その後、シベリア鉄道でヨーロッパへ向い、パリ、ロンドンに滞在。このときの経験を、紀行文として発表。戦後も盛んに執筆するも、四七歳のとき、心臓麻痺により急逝。主な作品に、「晩菊」「浮雲」「牡蠣」など。

中島敦《なかじまあつし》（一九〇九〜一九四二年）

東京出身。

漢学、中国文学の造詣が深い家庭で育つ。小学生の頃、父の転勤により日本各地を転々とする。五年生のときに朝鮮半島へ渡り、中学校卒業まで同地で過ごす。

その後、一高へ入学。学内誌に「喧嘩」などを発表。東大国文科在学中は、日本文学に熱中する。

大学卒業後、横浜高女に就職。一九四一年、南洋庁国語教科書編集書記としてパラオに赴任。この頃に『古譚』（「山月記」収録）を刊行。「光と風と夢」が芥川賞候補となるが、翌年に急逝。死後、「弟子」「李陵」などが発表され、脚光を浴びた。

梅崎春生《うめざきはるお》（一九一五〜一九六五年）

福岡県出身。

東大国文科在学中、「風宴《ふうえん》」を発表。卒業後は職に就くも、一九四二年に徴兵を受け、陸軍に召集される。病気のため即日帰郷となったが、二年後に海軍に召集され、暗号特技兵として鹿児島で敗戦を迎えた。

戦後、兵士として過ごした体験をもとに書いた「桜島」「日の果て」などで注目を浴びる。

ユーモラスな短編・随筆も多数執筆。

一九五四年、「ボロ家の春秋」で直木賞、翌年、「砂時計」で新潮社文学賞、一九六四年、「狂ひ凧」で芸術選奨文部大臣賞を受賞。

他に「幻化《げんか》」などの作品がある。

火《ひ》野《の》葦《あし》平《へい》（一九〇七～一九六〇年）

福岡県出身。本名、玉井勝則。

旧制中学校時代から作品を投稿。第一早稲田高等学院在学中には、童話集を自費出版。

一九二六年、早大英文科入学。大学卒業直前、福岡歩兵二四連隊に幹部候補生として入隊。中国戦線従軍中の一九三八年、「糞尿譚」で第六回芥川賞を受賞。戦地から送った「麦と兵隊」が反響を呼び、帰国すると流行作家となる。

戦後は一時公職追放されたが、公職追放解除後、「花と龍」「革命前後」などを発表。再び流行作家として人気を集める。

一九六〇年、自宅にて睡眠薬自殺。死後、生前の業績により芸術院賞を受賞。

【出典一覧】

太宰治「市井喧争」（随筆）『太宰治全集11』筑摩書房　1999
檀一雄「小説　太宰治〈抄〉」『小説　太宰治』小学館　2019
坂口安吾「二十七歳〈抄〉」『坂口安吾全集05』筑摩書房　1998
井伏鱒二「「槌ツァ」と「九郎ツァン」は喧嘩して私は用語について煩悶すること」『井伏鱒二全集6』筑摩書房　1997
新美南吉「久助君の話」『校定　新美南吉全集2　童話・小説2』大日本図書　1980
芥川龍之介「秋」『芥川龍之介全集3』ちくま文庫　1986
水野仙子「神楽阪の半襟」『明治文学全集82　明治女流文学集2』筑摩書房　1965
高見順「流れ藻」『高見順全集8』1970
葛西善蔵「椎の若葉」『日本現代文学全集45　増補改訂　近松秋江・葛西善蔵集』

講談社　１９８０
織田作之助「秋深き」『定本 織田作之助全集２』文泉堂出版株式会社　１９７６
宮本百合子「想像力」（随筆）『女靴の跡　随筆集』高島屋出版部　１９４８
田村俊子「女作者」『田村俊子作品集１』オリジン出版センター　１９８７
林芙美子「母娘」『林芙美子全集15』文泉堂出版株式会社　１９７７
中島敦「喧嘩」『中島敦全集２』筑摩書房　２００１
梅崎春生「時任爺さん」『梅崎春生全集４』沖積舎　１９８４
火野葦平「首を売る店」『首を売る店　火野葦平童話集』桐書房　１９４９

文豪たちが書いた 喧嘩の名作短編集

2023年8月10日　第一刷

編　纂　彩図社文芸部

発行人　山田有司

発行所　〒170-0005
株式会社彩図社
東京都豊島区南大塚3-24-4
MTビル
TEL：03-5985-8213　FAX：03-5985-8224

印刷所　新灯印刷株式会社
URL　https://www.saiz.co.jp
https://twitter.com/saiz_sha

ISBN978-4-8013-0672-1　C0193